Margit Weiß

Was man nicht sieht, ist doch da

Margit Weiß

Was man nicht sieht, ist doch da

Roman

RÆTIA

Gedruckt mit Unterstützung der Südtiroler Landesregierung, Abteilung Deutsche Kultur

Autonome Provinz Bozen
Provincia autonoma di Bolzano
Provinzia autonoma de Bulsan
SÜDTIROL · ALTO ADIGE

Die vorliegende Geschichte ist fiktiv und Ähnlichkeiten mit realen Personen sind zufällig.

1. Auflage

Projektleitung: Felix Obermair
Lektorat: Joe Rabl, Innsbruck
Korrektur: Helene Dorner
Umschlaggestaltung: Philipp Putzer, www.farbfabrik.it
Umschlagmotiv: Mark Owen / Trevillion Images
Satz und Druckvorstufe: Typoplus, Frangart
Das Zitat von Hans Haid (1938–2019) auf S. 5 stammt aus seinem Romanfragment „es kann sein, dass dann die schatten kommen“, 2021 posthum bei Haymon veröffentlicht. Abgedruckt mit freundlicher Genehmigung des Haymon Verlags, Innsbruck.
Printed in Europe

ISBN 978-88-7283-969-0
ISBN E-Book: 978-88-7283-982-9

Informationen zur allgemeinen Produktsicherheit GPSR und Einsicht in die technische Dokumentation:
Edition Raetia, Zollstangenplatz 4, 39100 Bozen
info@raetia.com
eindeutige Identifizierung des Produkts: ISBN 978-88-7283-969-0

Unseren Gesamtkatalog finden Sie unter www.raetia.com.
Bei Fragen und Anregungen wenden Sie sich bitte an info@raetia.com.

Raetia verzichtet der Umwelt zuliebe auf die Schutzfolie aus Plastik.

FSC
www.fsc.org
MIX
Papier | Fördert gute Waldnutzung
FSC® C014138

es kann sein,
dass dann die schatten kommen
und die zeichen in solchen nächten
Hans Haid

Der Direktor

Eigentlich hätte es ein guter Tag werden sollen für Hans. Aber davon weiß der Direktor nichts. „Dakosta!", bellt er in die vierzig erstarrten Bubengesichter hinein.

Im Krieg war der Direktor nicht eingezogen worden. Etwas mit der Lunge, hieß es. Untauglich. Gedemütigt hatte er sich davon nicht gefühlt, eher erleichtert. Gedemütigt mehr durch das Blicke-Spießrutenlaufen danach, wenn er durch die Straßen der Stadt ging und in den Augen vieler die neidige Annahme sah, er hätte es sich gerichtet mit den Oberen, er als Honoratior der Stadt.

Da hatte er begonnen, den Exerzierplatz hierher in die Schule zu holen. Befehlen konnte er, trotz seiner Lunge. Er würde seinen Beitrag zum gesunden Volkskörper leisten, es der Stadt zeigen und alles Schwache und Mindere ausmerzen, als wäre die Schule eine Waschrumpel, an der sich der Makel der Abweichung abreiben ließe. Herzeigbar rein machen würde er sie, die Kinderköpfe, wie aushängbare Leintücher. Und sie würden merken, dass es wichtig war, ihn hier zu haben und nicht irgendwo in Russland oder Norwegen.

Der Krieg war zu Ende gegangen, doch der Direktor stand noch immer an seiner Front. Die Amerikaner hatten die Stadt eingenommen. Anfangs überprüften sie alle Honoratioren, generell alle NSDAP-Mitglieder und verfrachteten viele von ihnen in das alte Gefängnis auf der Burg. Da saßen sie dann nebeneinander, der einfache Blockwart neben ihm, dem Direktor.

Nach den neun Jahren, die inzwischen ins Land gezogen sind, eitert immer noch der Hass aus dem Abszess dieser neuerlichen Demütigung.

Die Amerikaner und nach ihnen die Franzosen bemerkten bald, dass es keine anderen gab, die das Stadtleben weiterführen konnten, und so setzten sie so manchen aus der Zeit des Dritten Reiches oder aus den vorangegangenen Jahren des Austrofaschismus wieder an seinen alten Platz. Eigentlich nahezu alle, auch den Direktor. Einzelne, die ganz Speziellen, waren ohnedies rechtzeitig geflüchtet.

Was werden würde aus Österreich, wusste keiner, aus dem Land, das wie auf provisorischen Krücken durch die Jahre schlich, das ausharrte und beobachtete, ob die Russen den Osten freigeben würden oder ob das Land zerrissen werden würde.

Da muss wenigstens der Direktor auf seinem Platz Ordnung in diese Aufgelöstheit bringen.

Seit Kriegsende steht er vermeintlich auf verlorenem Posten mit seiner disziplinarisch verfolgten Kulturbereinigung und seinem Ordnungsziel. Immer mehr Mindere schwemmte es ihm herein in seine Klassen.

Während des Krieges schon die Südtiroler. Zugegeben, katholisch waren sie und deutsch, zumindest die meisten. Dennoch, sie konnten nicht richtig Deutsch schreiben. Sie hatten in Südtirol in den Schulen nur Italienisch gelernt. Manchen ist ein deutscher Unterricht in den unter den Faschisten geheimen Katakombenschulen in Südtirol zuteilgeworden. Den meisten nicht. Nicht das italienische Regime verachtete er, das für diese Verhältnisse verantwortlich war, sondern die Dummköpfe vor sich, für ihre Unterwürfigkeit. Das Sich-gefallen-Lassen war Schwäche in seinen Augen, das Abhauen aus ihrem Land ebenfalls. Er verachtete die Schafe dafür, dass sie sich vom Wolf fressen ließen.

Und unter den Südtirolern waren noch die Ladiner. Schlecht gesprochenes Deutsch und vom Deutsch-Schreiben keine Rede. Nach dem Krieg sind sie hiergeblieben, die Südtiroler, die meisten von ihnen. Aber inzwischen hatte er ihnen richtiges Deutsch beigebracht mit Griffel und notfalls Rohrstock.

Vereinzelt sitzen noch andere in den Reihen. Kinder der Ukrainer, Polen und Rumänen und woher sie alle sind. Kinder der ehemaligen Zwangsarbeiter, Reste des Displaced-Persons-Lagers, Staatenlose, deren Baracken zu Kriegsende auf den Feldern vor der Stadt errichtet wurden. Und dazwischen sitzen noch welche. „Franzosengschrappen", sagen die Leute, fleischgewordene Hinterlassenschaft der Franzosenbesatzung, die jetzt schon ins neunte Jahr geht.

Hinter dem Direktor an der Wand ist noch das hellere Feld zu erkennen, wo das Bild des Führers hing. Das darüber angebrachte Kreuz verdeckt es nicht.

„Dakosta!", bellt er gegen die Gesichterwand. Der Direktor ist laut, als müsste er seine fehlende Körpergröße dadurch ersetzen. Dakosta mit k, nicht mit c, wohlgemerkt. Dafür hatte er damals bei den Ladinern gesorgt, dass ihre Namen wenigstens deutsch geschrieben werden.

Die Buben bemühen sich, nicht in seine Richtung zu schauen.

„Hier!", meldet sich Hans. Der erste Ruf hat ihn erstarren lassen. Der zweite reißt ihn vom Sessel.

„Heraustreten!"

Hans setzt sich mit stelzensteifen Beinen in Bewegung. Der Direktor weist ihn an sich vorbei aus der Klasse.

Draußen stößt Hans an zwei österreichische Gendarmen wie an eine uniformierte Wand.

Die Braut

Alle in den guten Anzügen und Kleidern. Aus der Entfernung wirken die verschlissenen Stoffe festlich. Alles hängt nur ein wenig zu weit an den mageren Körpern.

Die Hochzeitsgesellschaft trifft nach und nach vor dem geöffneten Kirchentor ein. Braut, Bräutigam, Eltern, Geschwister, Tanten, Onkel. Nur die notwendigsten Einladungen sind ausgesprochen worden. Karge Zeiten, kleine Hochzeiten. Sie warten.

Die Braut ist heute die Schönste. Einmal nur steht sie im Mittelpunkt in dieser Familie. Nicht die Mutter, nicht die fünfzehnjährige Schwester, Lieblingstochter des Vaters, nicht der zehn Jahre alte Bruder. Und jetzt das! Der Jüngste kommt nicht. Gerade heute kommt er nicht pünktlich. Heute hätte sie gerne einmal die Mutter erfreut gesehen. Wegen ihr, ihrer ersten Tochter.

Stattdessen steht die Mutter in ihrem Kostüm wie in ein Korsett gespannt und ist anderswo. Die Schule müsste eigentlich zu Ende sein, das Fehlen des Bruders unerklärlich.

Der Pfarrer erscheint im Messgewand, flankiert von zwei Ministranten, in der geöffneten Kirchentür. Den Pfarrer lässt man nicht warten. Der Bruder wird die Hochzeit versäumen.

Der Vater tritt mit ungewohnt feierlicher Haltung an die Seite der Braut. Sie hakt sich bei ihm unter. Sie folgen dem Pfarrer und den Messdienern in die Kirche. Die Verwandten schließen sich an. Der Bräutigam ist schon vorausgegangen, erwartet sie vor dem Altar. Neben ihm der Großvater. Sein Vater ist im Krieg geblieben. Die Orgel legt ihr einen Klangteppich.

Hans

Hans' Blicke hetzen in alle Richtungen. Zwei Gendarmen flankieren ihn. Sie haben ihm nicht gesagt, wohin sie ihn bringen. Sie haben ihm nichts gesagt. Nur einmal hat er es noch versucht, auf dem Bahnsteig, bevor sie ihn einsteigen hießen: „Ich kann jetzt nicht wegfahren! Ich muss zur Hochzeit. Sie warten auf mich."

Die Gendarmen haben sich nur angeschaut, einer den anderen. Ihn haben sie nicht angeschaut. Sie haben viel Erfahrung im Abholen von jemand. Sie sind nur die Hand, die ausführt. Der Kopf, der sich ausdenkt, was sie zu tun haben, sitzt woanders. Der Kopf ist verantwortlich, nicht sie. Sie wissen, das Nicht-genau-Hinschauen macht es leichter. Die Hände berühren einen Körper, kleiner zwar diesmal, aber die Augen sehen nicht, so bleibt alles nur irgendein Körper in ihren Händen, nichts Persönliches, nichts, dem man Ansehen geben muss.

Sie schoben ihn über das Trittbrett hinein in den Waggon, vor sich her in ein Abteil. Aus den Abteilen heraus wurde er dann wieder sehr angeschaut. Der Waggongang ein Pranger.

An der Schulgarderobe hatte er sich Schuhe und Jacke angezogen. Unter dem Kontrollblick des Direktors geriet Hans das Jackezuknöpfen schief. Die Schultasche hing noch an seinem Pult im Klassenzimmer. Sie dort zu lassen, war wie ein Garant für ihn, dass er wiederkommen würde.

Die beiden Gendarmen hatten ihn in die Mitte genommen. Er reichte den Männern bis zur Brust. Sie mussten die Hand nicht weit heben, um sie rechts und links auf seine Schultern zu legen. Sie hatten ihn vorangeschoben, die Treppe hinunter. Der Direktor hielt ihnen mit dienstbeflissener Verbeugung die Flügeltür auf, so hatten die Gendarmen Hans beim Verlassen des Schulgebäudes nicht loslassen müssen.

Sie schoben ihn über den Platz. Die Gendarmen schauten unbeteiligt.

Wer es sehen wollte, konnte es sehen. In der Stadt hatten sie jedoch seit Jahren Übung im Nicht-Sehen erworben. Öffentlich, nicht heimlich Abgeführte gab es genügend. Die Erleichterung, nicht selbst davon betroffen zu sein, verdrängt das Mitgefühl. Er muss etwas ausgefressen haben, sonst würden ihn die Gendarmen nicht holen.

Auf dem Platz hatte Hans sein Gesicht erstmals zum Gendarmen zu seiner Rechten gehoben: „Ich versäume die Hochzeit." Seine Not blieb ungehört in der Luft über dem Platz hängen.

„So lange wie bis zu deiner Hochzeit wird es schon nicht dauern, da, wo es jetzt mit dir hingeht", sagte der Gendarm.

Die Braut

Sie würde ihn ein Lebtag lang nicht mehr loslassen. Ihr Verlobter steht neben ihr vor dem Altar. Sie kennt ihn, seit beide Familien hierhergekommen sind. Das Schicksal oder, besser gesagt, die Option hatte sie in diese Siedlung hineingespült. Sie ist ein uneheliches Kind gewesen. Das weiß sie erst seit Kurzem.

Im Rahmen der Hochzeitsvorbereitungen musste sie in dem kleinen Städtchen hinter den Bergen, in dem sie geboren worden war, in dem Land, das jetzt nicht mehr ihres ist, eine Taufurkunde anfordern. Sie las darauf den ledigen Namen der Mutter. Die Mutter sagte nur, das habe schon alles seine Richtigkeit. Und der Vater, der Einfachheit halber habe man bei der Ankunft hier nur einen Familiennamen angegeben.

Der, an dessen Arm sie bis zum Altar geschritten ist, ist also nicht ihr leiblicher Vater. Die Mutter sagte ihr nicht, wer es sonst ist.

An ihn, ihren Mann, würde sie sich nun halten, an seine Hand, an seinen Namen. Ihn würde sie sich nicht mehr nehmen lassen. Als er ihr den Ring über den Finger schiebt, ist ihr, als würde sie einen Anker finden.

An seinem Arm schreitet sie hinaus. Den Bruder hat sie vergessen. Erst als sie am tränennassen Gesicht der Mutter vorbeigeht, kommt er ihr wieder in den Sinn. Gilt die Rührung der Mutter ihr oder dem fehlenden Sohn? Nach dem Gottesdienst hat sie die Mutter nur einmal kurz zum Vater sagen hören: „Dem Hans musst du nachher die Ohren lang ziehen!" Dann war Hans auch aus der Unterhaltung verschwunden.

Beim Mahl, nach der Suppe, kommt ein anderer. Der Gendarm postiert sich an der Tür des Gastraumes. Die Unterhaltung versickert. Die Bedienerin eilt zum Vater, flüstert ihm ins Ohr. Er erhebt sich und verlässt mit dem Uniformierten den Raum. Plötzlich ist etwas wichtiger geworden als ihre Hochzeit. Sie weiß es und registriert den Mutterblick, der fortgeht von ihr, den beiden folgt, registriert, wie sie aufsteht und ihnen nachgeht. Sie sieht die fünfzehnjährige Schwester allein sitzen. Nein, sie will sich jetzt nicht um die Schwester kümmern. Sie fasst nach der Hand ihres Mannes und versucht die Freude dieses Tages festzuhalten. Die Hauptspeise wird aufgetragen. Die der Eltern wird kalt.

Hans

Bauchgrimmen quält ihn. Seit dem Morgen hat er weder gegessen noch getrunken. Er wagt nicht, nach Wasser zu fragen.

Lange Zeit zieht der grüne Fluss an den Fenstern vorbei und fließt dahin, wo Hans herkommt. Der Zug verschwindet in einem Tunnel. Ewig, scheint ihm, kann er sich im Dunkeln verstecken. Seine Bewacher werden unsichtbar. Ihre Anwesenheit spürt er dennoch, als würde sie aus etwas bestehen, das sich fesselnd um ihn legt.

Plötzlich schiebt der Zug sie wieder in die Helligkeit.

Die Gendarmen sind eingeschlafen. Er wetzt auf der Bankkante. Gibt es einen Abort im Zug? Es ist seine erste Zugfahrt, sein erstes Mal fort von zu Hause. Er wagt nicht, zu fragen. Er wetzt stärker.

Ein Gendarm öffnet die Augen. „Kannst du nicht stillhalten? Es reicht, wenn der Zug ruckelt."

Hans springt auf, steht stramm, Hände an den Seitennähten der Hose. Er fragt, ob er austreten dürfe. Gelernt ist gelernt. Der Direktor hat ganze Arbeit geleistet.

Der Gendarm deutet in eine Richtung und schließt wieder die Lider. Hans zögert. Der Gendarm öffnet ein Lid erneut. „Was ist? Kannst du nicht allein aufs Klo?" Er grinst. „Hier kommst du ohnedies nicht weg, also geh!"

Hans tritt auf den Gang hinaus. An seinem Ende findet er eine schmale Tür. Der Geruch zeigt ihm an, dass er richtig ist. Er dreht den Riegel zu und erleichtert sich durch das Loch im Boden. Unten ziehen die Balken der Gleise vorbei. Er beobachtet, wie seine Hinterlassenschaft ins Freie fällt. Das Fenster ist einen Spaltbreit geöffnet. Der Luftstrom treibt seine Tränen über die Wangen, streicht über seine Haare wie eine tröstende Hand. Draußen zieht der Wald vorüber.

Er hört das Quietschen der Bremsen. Der Zug hält auf freier Strecke. Als würde die Verlangsamung des Zuges die Bewegung hin zu Hans verschieben, erwacht er aus seiner Erstarrung. Aller erlernter Gehorsam setzt für einen Moment aus. Einen einzigen Moment nur.

Hans stürzt aus dem Abort, rennt zur Zugtüre, entriegelt sie, springt. Er landet hart auf der ansteigenden Böschung. Er krallt sich in den langen Grasbüscheln fest, um nicht zurück auf die Gleise geworfen zu werden, krabbelt auf allen vieren hoch zum Rand. Dort oben steht der Wald und erwartet ihn.

Er richtet sich auf, rennt. Einer der Gendarmen brüllt hinter ihm aus dem Zugfenster. Hans wagt nicht zurückzuschauen. Er rennt und denkt, die Mutter wird schimpfen, die gute Hose ist aufgerissen. Er rennt und hört die Geräusche des wieder anfahrenden Zuges. Nach einer Weile bemerkt er, dass ihm niemand folgt.

Erst jetzt bleibt er stehen. Er atmet schwer und hält sich die stechende Seite. Nur eines weiß Hans, er muss zurück und den Eltern sagen, was war, warum er nicht zur Hochzeit kommen hat können.

Der Vater

Fragen muss er, warum sie Hans weggebracht haben. Der Vater steht im Wachzimmer, durch eine Barriere von den Gendarmen getrennt. An einem Ort wie diesem gehen ihm die Worte verloren. Seine Muttersprache, das Ladinische, hat er verloren, als er hierherkam, wo nur Deutsch gesprochen wird. Und die anderen Worte, die deutschen, verlassen ihn in manchen Situationen. Dann geht er sie suchen, setzt die Sätze zusammen, in romanisch gefärbtem Deutsch. An Orten wie diesem verlassen ihn die Worte endgültig. Er hat gelernt zu schweigen, wenn Uniformen auftauchen, und abzuwarten. Er hofft, dass einer der Gendarmen ihm sagt, was geschehen ist.

Die Frau neben ihm ist erstarrt. Weiß ist sie. Geistern tut sie wieder, denkt der Vater. Wie damals, als die Bomber über die Stadt gekommen sind. Gesessen ist sie, die Frau, auf dem Stuhl, mitten in der Küche, und hat den Säugling gehalten, den jüngsten Sohn, den Hans. Und ist hocken geblieben, als sei der Lärm der Sirenen die Ankündigung eines Gottesurteils über sie, eines Strafurteils, und sie ließ es über sich ergehen, fügte sich und hielt sich am Säugling fest. Er weiß, dass sie sich schuldig fühlt, weil sie es war, die hierherkommen wollte.

Alles Anschreien und Zerren des Vaters half nicht. Er sah in die verstörten Gesichter der beiden Mädchen. Er fasste sie an der Hand und rannte los. Er musste wenigstens die anderen Kinder herausführen aus der Lähmung, aus der Gefahr, und rannte mit ihnen in die Schutzhöhlen.

Die Bomben sind nicht auf die Frau und den Sohn gefallen, zumindest nicht auf das Haus, in dem sie geblieben sind, sind nur hineingefallen in die Sprache, die danach wie ein Ruine herumstand zwischen ihnen. Seit damals wird sie manchmal zum Geist, weiß und starr. Auch jetzt im Wachzimmer.

Der Gendarm hat ihnen ein paar Brocken hingeworfen. Der Sohn nach Vorarlberg verbracht … anonyme Anzeige … Internat für Schwererziehbare … Schule dort … dauerhafter Aufenthalt. Jedoch keine Erklärung. Jetzt schiebt er ihnen einen Zettel zu. Die Adresse des Internats und ein Blatt mit Amtsstempel, auf dem „Verfügung“ steht.

„Ihr könnt gehen.“

Der Vater hakt sich bei der Geisterfrau unter und gehorcht. Der, der die Sprache hat, hat die Macht.

Er leitet die Frau zurück zum Gasthof, schiebt sie auf ihren Stuhl. Die Brauttochter tanzt den Schneewalzer mit ihrem Mann. Die Jüngere blickt zwischen der Mutter und dem Vater hin und her, lehnt sich an seine Schulter. „Was ist, Dadda?“

„Später“, sagt er, schiebt ein Stück kaltes Schnitzel in den Mund und kaut darauf herum.

Hans

Bäume überall. Im Hintergrund ragt ein Berg zwischen den Wipfeln in den Himmel. Er setzt sich in Bewegung, auf das schwarze Loch zu, durch das er hierher in dieses Land geschoben worden ist.

Um einen Baumstumpf wachsen Walderdbeeren. Er hockt sich nieder, sammelt sie, bis seine Hand voll ist, stopft sich alle auf einmal in den Mund. Er behält sie lange darin, bevor er sie schluckt. Ihre Süße tröstet ihn.

Er macht sich auf den Rückweg zum Waldrand. Hinter den letzten Bäumen verborgen, sieht er den Schienenstrang am Fuß der Böschung. Er wird ihm folgen, vom Wald geschützt, bis er daheim ist.

Er geht los. Ein Bach quert seinen Weg. Er trinkt, spritzt sich das kühle Wasser ins Gesicht, balanciert über Steine auf die andere Seite. Einmal hört er einen Zug nahen und legt sich hinter einem Gebüsch auf die Erde. Er fährt Richtung Tunnel. An seiner Wange spürt er die Erde unter dem Gewicht des Zuges beben. Erst als der Boden zur Ruhe kommt, erhebt er sich, späht ihn beide Richtungen der Schienen und wendet sich wieder dem Berg zu.

Was ist, wenn die Gendarmen einen Zug zurück nehmen und mich suchen gehen? Er beschleunigt seinen Schritt.

Weiter vorne bemerkt er eine Haltestelle. Der Bahnsteig liegt menschenleer. An einer Laterne hängt eine Uhr. Zehn Minuten nach sechs. Darunter entziffert er auf einem Schild einen ihm unbekannten Ortsnamen.

Am Morgen ist er wie immer in die Schule aufgebrochen. Er hat sich auf das Hochzeitsmahl gefreut und darauf, dann den schönen Anzug tragen zu dürfen, den der Vater von einem Kollegen für ihn geliehen hat. Nun ist er an einem Ort angekommen, von dem er am Morgen noch nicht einmal wusste, dass es ihn gibt.

Vorsichtig nähert er sich dem Bahnsteig. Er beobachtet die Umgebung. Ein Fahrweg führt zu den ersten Häusern eines Dorfes. Bald würde die Nacht hereinbrechen. Die Aussicht darauf, allein in der Dunkelheit des Waldes zu sein, ängstigt ihn.

Ein Heustadel lehnt etwas abseits am Waldrand. Er schiebt sich von Baum zu Baum, schleicht zur vorderen Luke des Stadels, stemmt sich über den Balken und lässt sich hineinfallen. Spinnweben bleiben ihm in den Haaren haften. Das Heu fängt ihn gnädig weich auf. Durch eine Lücke zwischen den Balken fällt ein Streifen Licht.

Die Schwester

Als sie klein war, fürchtete sie sich in der Dunkelheit. Damals haben sie begonnen, die Tür zur Küche einen Spaltbreit offen zu lassen. Der Lichtstreifen war ihr leuchtendes Schwert, Abschreckung gegen die unsichtbaren Dämonen, und ist heute ihre Verbindung zu den Erwachsenen draußen, die erst am Abend ihre Welt zu öffnen scheinen, wenn Kinder und Pflichten zur Ruhe gekommen sind.

An den Sonntagabenden liest Vater der Mutter aus einem Roman vor, von einer hübschen, bescheidenen Frau und ihrem Verehrer, der so lange spart, bis er mit ihr in einem VW Käfer ans Meer fahren kann. Die Fortsetzungen sind jedes Wochenende in der Zeitung abgedruckt.

Mutter strickt und seufzt: „Meer wäre schon einmal schön." Das Geklapper ihrer Nadeln begleitet die Vaterstimme. Und dem Mädchen im Zimmer steigen Bilder von dem himmelblauen Moped auf, mit dem der Enkel der alten Näherin neuerdings herumfährt, auffällig oft an ihrem Haus vorbei. Sie träumt sich auf den Sozius, sieht sich mit fliegenden Haaren an türkisen Buchten entlanggleiten.

Sie liebt die Romanabende, das Kopfkino. Nie schläft sie ein, bevor der Vater fertig gelesen hat.

An manchen Tagen vernimmt sie die geflüsterte Unterhaltung der Eltern, meist zu leise, um die Worte zu verstehen. Der Vater redet ladinisch, die Mutter antwortet auf Deutsch. Beide Sprachen strömen wie unterschiedlich gefärbte Flüsse ineinander. Mutter redet immer deutsch.

Sie will sich die Zugehörigkeit verdienen, keinen Grund geben, ihr die Berechtigung aufs Hiersein abzusprechen.

Selten hat sie den Vater so aufgebracht gehört. Vor Aufregung liest er die vom Gendarmen erhaltene Verfügung sehr laut. Immer wieder verfällt er zwischen den amtsdeutschen Abschnitten schimpfend ins Ladinische, als würde ihn das, was er liest, forttreiben aus dem Land.

Wie hereingeworfene Fetzen hört sie: Dem Zehnjährigen namens Hans Dakosta … unsittliche Handlungen zur Last gelegt … im Keller mit Kindern gleichen Alters … voreinander den Intimbereich entblößt … anonyme Anzeige erstattet … von sittlicher Verwahrlosung ist auszugehen … in die Vormundschaft des Jugendamts übernommen … Vormundschaftsgericht verfügt Aufnahme in geschlossene Anstalt.

„Und warum holen sie nur ihn?" Die Stimme der Mutter ist schrill. „Das machen sie nur mit uns! Ich habe gedacht, hier wäre es anders! Die Nachbarin war's, diese Schlange! Von wegen anonym! Das war sie. Sie hat mich schon am Gang beschimpft deswegen. Jetzt weiß ich auch, warum sie in den letzten Tagen so herumgeschlichen ist." Der Hass lässt ihre Stimme kippen. „Und du? Was bist du für ein Mann? Kannst du dich überhaupt wehren? Stehst da und sagst nichts, wenn sie uns die Kinder stehlen! Porca miseria!" Das Italienische kommt ihr nur zum Fluchen über die Lippen, ist gut für die Wut.

Im Zimmer stockt dem Mädchen der Atem. Wenn die Mutter auf Italienisch zu schimpfen beginnt, hat sie nichts mehr zu verlieren.

„Hör auf! Du hast auch nichts gesagt!"

„Wer ist jetzt das Familienoberhaupt? Du oder ich?"

„Ich bin es bei dir immer, wenn es schlimm wird. Aber beruhige dich! Ich werde morgen aufs Amt gehen."

Dann sind die Eltern still geworden. Nach dem Bruder verschwinden auch sie, die Geschwister, treten neben dem Unfassbaren, dem Unrecht in den Hintergrund, werden zur Nebensache neben dem Verlust des einen Sohnes. Nur, ihr Verschwinden bemerkt niemand und niemand empört sich.

Sie träumt sich wieder auf das blaue Moped. Diesmal ist ihr sogar danach, sich an den Rücken des Näherin-Enkels zu schmiegen.

Hans

Hans horcht auf das Rascheln der Mäuse, schaut durch das Quadrat der Luke in den sternenübersäten Himmel, riecht das Heu. Irgendwann holt ihn der Schlaf.

Er träumt. Er rennt und rennt und sieht nicht, was hinter ihm ist, und nicht, wohin. Als ihn die Vögel wecken, ist es noch dämmrig. Seine Beine haben sich tief in den Heuhaufen eingegraben. Hans rappelt sich daraus hervor, beobachtet die Umgebung und gleitet leise zurück in den Wald. Er findet wieder ein paar Erdbeeren. Ein Zug schiebt sich ihm entgegen. Noch ehe er ihn sieht, hört er sein Stampfen. Er bleibt verborgen, lässt ihn passieren, bevor er sich entlang der Gleise weiterbewegt.

Vor ihm taucht das schwarze Loch auf, durch das sie gekommen sind. Er starrt in die Dunkelheit. Bilder von bösen Geistern und seltsamem Getier steigen ihm auf. Gefräßiges Maul, ohne ein Dahinter, das ihm sein Daheim weggefressen hat, ein Zugang zum Nirgendwo. Er schwitzt. Die Beine gehorchen ihm nicht.

Sein Blick wandert an den steilen Bergflanken hinauf, suchen nach einem Ausweg. Vom Portal führt ein Steig seitlich zwischen die Bäume. Er stolpert fort vom dunklen Schlund.

Eine Hütte aus Stein am Fuß des Berghangs. Er pirscht sich an eines der Fenster und lugt über das Sims ins Innere. Er erkennt einen Tisch, Stuhl, Pritsche, unzählige Werkzeuge und eine Lampe, wie sie Bahnarbeiter verwenden. Niemand ist zu sehen. Er malt ein Herz in den Dreck der

Scheibe und ein H hinein. Ein leises Plätschern zieht ihn zur anderen Seite des Bahnarbeiterhäuschens. Aus einer Holzrinne fällt ein Wasserstrahl in einen Trog. Er trinkt, so viel er fassen kann.

Der Weg führt weiter an der Hütte vorbei in den Wald. Morgentau liegt auf den Steinen. Seine Schuhe sind gut für die Schule, die Sohlen glatt. Er muss achtgeben, nicht zu fallen.

Das Wasser hat ihn belebt. Er steigt schnell. Vögel, manchmal das Rascheln eines unsichtbaren Tieres im Gebüsch und das Geräusch seiner Schritte durchbrechen die Stille. Einmal ist ihm, als würde er einen Hund hören, ganz weit weg. Es wird einer der Hofhunde des Dorfes sein.

An einer Stelle geben die Bäume den Blick auf das tief unten liegende Tal frei. Er verweilt nicht. Es treibt ihn weiter.

Wieder hört er den Hund. Diesmal schlagen mehrere an. Der hat die anderen Hunde des Dorfes geweckt, denkt er und steigt bergan. Der Schweiß rinnt ihm in den Nacken. Mittlerweile hat die Sonne den Bergkamm überschritten und den Weg aufgetrocknet.

Er erreicht die Baumgrenze. Eine Almhütte hockt in einer Mulde. Schafleiber sprenkeln einen Hang weiter oben. Ihr Blöken dringt zu ihm herunter. Plötzlich hören die Schafe auf zu fressen. Es ist sehr still. Sie schauen alle in eine Richtung, in die, aus der er kommt. Wie auf Befehl setzen sie sich in Bewegung, alle zugleich, und strömen den Hang hinauf.

„Ihr braucht keine Angst zu haben vor mir!“, ruft er ihnen nach und stockt erschrocken. Jemand könnte auf ihn aufmerksam werden. Er beobachtet die Almhütte. Alles bleibt ruhig. In einer Hütte könnte es Reste von Essbarem geben. Wieder versichert er sich durch ein Fenster, dass sie verlassen ist. Er entriegelt die Tür. Sein Blick fällt auf eine Feuerstelle, Nägel an den Wänden, an denen Gerätschaften aufgehängt sind. Ein schmaler Schlafplatz, eine Bank, ein Tisch mit einer Dose. Zwei kleine Tiegel, einer mit Salz, einer mit Zucker, darin. Er taucht den feuchten Finger in den Zucker und leckt ihn ab. Ein leises Glücksgefühl breitet sich aus, da, wo vorher die Beklemmung in ihm saß.

Wieder ist das Bellen zu hören, näher als zuvor, gleitet zunächst unbemerkt hinter seiner Zuckerseligkeit vorüber.

Nun ist der Hund nah. Hans hört ihn hecheln. Dazwischen Männerstimmen. Vorsichtig lugt er über das Fenstersims. Er sieht sie kommen. Drei Männer in Uniform. Die beiden Gendarmen, die ihn geholt haben, und einer mit dem Schäferhund an der Leine. Der drängt heftig in Richtung der Hütte. Davonrennen kann er nicht mehr.

Hans' Blick hetzt durch den Raum. Er bemerkt eine Falltür im Plankenboden, schafft es, sie am Eisenring hochzuziehen, gerade so viel, dass er sich hineinzwängen kann in das aus dem Felsen gehauene Loch darunter. Die Klappe fällt über ihm zu. Er macht sich klein, schnürt sich zusammen. Das Herz schlägt ihm in den Ohren.

Der Riegel an der Hüttentür wird zurückgezogen.

„Er muss da drinnen sein!", ruft einer. Der Hund ist nicht mehr zu bändigen.

Hans hält sich die Ohren zu. Er zittert, atmet heftig und wäre gerne wie der Felsen, bewegungslos, geruchlos, unverletzlich.

Die Schritte der Männer knallen auf die Bodenbretter, dazwischen das Tappen der Hundepfoten. Staub rieselt auf ihn.

Die Falltür wird aufgerissen. Das Licht einer Taschenlampe sticht ihm in die Augen. Er hält sich den Arm schützend vors Gesicht. Das zähnefletschende Hundemaul über ihm, mühsam gehalten vom dritten Mann.

„Na, wen haben wir denn da?" Die Gendarmen, wie Riesen, grinsen auf ihn herunter.

„Geh, halt deine Bestie zurück!", gibt der eine dem Hundeführer Anweisung, „sonst frisst er ihn noch und dann hätten wir wieder nichts abzuliefern."

Sie lachen.

„Diesmal entkommt er uns nicht! Diesmal hängen wir ihn genauso an die Leine wie den Hund", sagt der andere.

Er greift ins Loch, bekommt Hans am Arm zu fassen und zerrt ihn heraus, als wäre er gewichtslos, vorbei am geifernden Tiermaul.

Hans wird hart auf die Bank gesetzt. Eine Ohrfeige wirft ihn seitlich an die Wand. Er spürt einen stechenden Schmerz im Ohr und wie sich ein Schiefer durch den Aufprall an der Wand in seine Wange bohrt.

„Dafür, dass du abgehauen bist. Die Anstalt ist genau der richtige Ort für dich. Da treibt man dir die Flausen schon aus."

Ein Zittern schüttelt Hans. Er kann es nicht kontrollieren. Keine Bewegung gelingt ihm, seine Stimme fliegt davon. Nass rinnt es durch seine Hose über die Bank und tropft auf den Boden.

„Schaut euch den an! Jetzt macht er sich auch noch an! Da gibt es ja einiges, was sie dir in der Anstalt abgewöhnen müssen."

Dann greift der Gendarm nach einem Strick, befestigt das eine Ende an seinem Gürtel, schlingt das andere Hans um die Brust und verknotet es hinter seinem Rücken. Er zieht ihn hoch und stößt ihn vor sich her aus der Hütte.

„Wegen dir haben wir hier heraufmüssen! Das wird dir noch leidtun!"

Die Mutter

Sie schleicht an der Tür der Nachbarin vorbei in ihre Wohnung und schließt sich im Bad ein. Erleichtert lässt sie sich auf den Rand der Wanne sinken und betrachtet ihre Hände, die erdverkrusteten Nägel, die Abschürfungen auf Handballen und Knöcheln. Sie bürstet sie unter dem Wasserstrahl, schrubbt Erde unter den Nägeln heraus. Sie tränkt Watte mit desinfizierendem Melissengeist und drückt den Bausch auf die Wunden, registriert den scharfen Schmerz, wie er durch die Hand bis in die Augen steigt und ihr Tränen hineintreibt und wie er langsam nachlässt. Sie mustert ihr Gesicht im Spiegel, sucht darin die Widerständige, die Zornige von vorhin. Sie verlässt das Bad und beginnt, früher als sonst, mit der Arbeit in der Küche.

Den ganzen Sonntag über war sie in ein brütendes Nachdenken verfallen und hatte letztlich einen Entschluss gefasst. Für ihr Vorhaben hatte sie die Dunkelheit genutzt. Sie stand noch früher auf als für einen Montag ohnedies üblich. Um ihren Mann nicht zu wecken, kleidete sie sich in der Diele an und stieg lautlos die Treppe aus dem ersten Stock hinunter in den Garten.

Vier Familien bewohnen das Haus. Jede besitzt ein Stück des umliegenden Gartens für die Eigenverpflegung. In diesen Mangelzeiten überlebenswichtig. Sogar in den Hungerjahren waren die Gärten der anderen unantastbar.

Jetzt schürt sie das Feuer im Ofen, stellt zwei Töpfe auf die Platte, gießt Milch für die Tochter und den Sohn in den einen, Wasser in den anderen. Milch auch noch für den Sohn, als könnte das trotzige Festhalten am Gewohnten sein Verschwinden ungeschehen machen. Am aufflammenden Schmerz schleicht sie ebenso vorbei wie an der Tür der Nachbarin.

Sie nimmt den Brotlaib aus der Kredenz, schneidet Scheiben ab. Eine schiebt sie in den Papiersack und gibt ein hart gekochtes Ei dazu.

Der Mann kramt im Schlafzimmer. Sie hält inne und horcht hinaus. Sie weiß, er wird jetzt wie jeden Tag ins Bad gehen, sich über dem Becken waschen, den Kamm unter dem Wasserstrahl befeuchten und sich seine Haare sorgfältig nach hinten kämmen. Dann wird er sich räuspern. Den Schleim wird er ins Becken speien. Sie ekelt sich an dieser Stelle, jeden Tag, und wartet dennoch darauf, sammelt diese Momente wie eine Rechtfertigung für ihre Entfernung von ihm.

In der kleinen Stadt in ihrer Heimat hat dieses Wegdriften von ihm begonnen. Damals arbeitete ihr Mann noch als Maler und ihre kleine Tochter war drei Jahre, die ältere elf. In der Malerei gingen die Aufträge aus und der Mann fand keine Arbeit mehr. Der Hunger malträtierte ihre Körper und Seelen und an den Wänden der Wohnung gedieh der Schimmel. Der Mutter erschien die Möglichkeit, hinter der Grenze, im Deutschen, Arbeit und Wohnung zu finden, wie eine Verheißung. Als Draufgabe empfand sie, dass es dort keine Rolle mehr spielen würde, Ladinerin, „Krautwalsche", zu sein. Sie würden einfach nur als Südtiroler angesehen werden.

Seit die ersten Familien losgezogen waren, bekniete sie ihren Mann, es ihnen gleichzutun. Immer mehr stieg in ihr der Groll, wenn sie das Knurren der Kinderbäuche hörte. Er könne nicht für die Familie sorgen, warf sie dem Mann vor. Bis dahin war sie ihm dankbar gewesen, dass er sie genommen hatte, mit dem ledigen Kind. Aber der Hunger frisst zuerst die Dankbarkeit.

Außerhalb ihrer vier Wände schwieg sie. Nie wusste man zu der Zeit, ob man auf einen traf, der die Optanten, die wegzogen, als Verräter verfluchte, oder auf einen, der den Hierbleibern den Vorwurf machte, sie würden sich der Diktatur der Italiener unterwerfen. Um nicht zerrieben zu werden wie zwischen zwei Mühlsteinen, hat sie gelernt, verdeckt zu handeln.

Es musste ohnedies der Mann für die Familie entscheiden. Und jeder Tag, an dem er zögerte, trieb sie weiter von ihm fort.

Sie gießt heißes Wasser über den letzten Rest Kaffee im Filter. Zu ihrem Geburtstag bekam sie das Päckchen Kaffee geschenkt. Echten, nicht den Eichelkaffee der Kriegsjahre. Lange hüteten sie diese Kostbarkeit, nur sonntags gönnten sie sich ein wenig davon.

Heute muss sie ihren Mann wohlwollend stimmen. Er kommt in die Küche, brummt ihr einen Morgengruß in den Rücken und setzt sich an den Tisch. Sie stellt die Schale mit Kaffee vor ihn. Er stutzt kurz, rührt einen Löffel Zucker hinein.

„Ist heute ein besonderer Tag?"

Sie hantiert weiter am Herd.

Er lässt sich mehr Zeit als sonst, trinkt in kleinen Schlucken. Dann erhebt er sich, nimmt den Papiersack mit seiner Jause von der Kredenz und tritt hinter sie. Er berührt sie nicht. „Danke!", murmelt er. „Ich gehe heute aufs Amt."

Er schlüpft in seine Schuhe. Die Tür fällt ins Schloss. Die Treppe knarrt unter seinen Schritten. Sie hält die Luft an und wartet.

Es dauert nicht lange, bis ihr Mann zurück in die Küche stürmt, ihr Handgelenk packt und sie mit sich ins Schlafzimmer zieht. Er deutet durch das Fenster hinaus. „Sag mir etwas dazu!“, keucht er.

Ruhig schaut sie hinunter in den Garten der Nachbarin. Ribiselstauden liegen zerhackt, Blumen in Haufen, Karotten und Kohlrabi gezogen und zertreten, Salatköpfe zerfleddert. In tiefe Erdlöcher ist fauliger Kompost gefüllt. Die Beete wirken, als sei eine Rotte Wildschweine in der Nacht über sie gekommen.

Schadenfreude huscht ihr über das Gesicht. Es verrät sie mehr, als es Worte vermocht hätten. Sie erfasst sein Entsetzen und drängt ihre Genugtuung zurück in sich hinein. Er nimmt ihre Hände, tastet über ihre wund geschürften Knöchel, als könnten ihm seine Finger die Verbindung zwischen der Verwüstung vor dem Fenster und seiner Frau begreifen helfen. Sein Blick schnürt ihr die Luft ab.

Er lässt ihre Hände fallen und verlässt den Raum. Sie bleibt am Fenster stehen und sieht ihm nach, wie er mit bleiernen Schritten Richtung Fabrik davongeht.

Etwas später hört sie durch das geschlossene Schlafzimmerfenster und zwei Türen bis in die Küche die Nachbarin schreien. Sie muss sich zwingen, nicht hinauszuschauen und sie in ihrem Garten zu beobachten.

Nachdem die Tochter in die Schule gegangen ist, hält sie es nicht mehr aus. Sie zieht sich die Holztoggeln an und geht hinunter in den Garten.

Sie sammelt die Schnecken ein, die sich während der Nacht über die Pflanzen hergemacht haben, hockt sich vor das Kräuterbeet, zupft Unkraut. Der Schmerz, wenn ihre Schürfwunden mit der Erde in Berührung kommen, erscheint ihr wie ein Ventil für den inneren, den unerträglicheren, den, für den sie keinen Melissengeist kennt.

Die Nachbarin ist inzwischen verschwunden.

Immer wieder streift der Blick der Mutter suchend an den Fenstern der Nachbarwohnung entlang. Niemand zeigt sich.

Sie zupft und beschließt, abzuwarten. Sie ahnt, es könnte gut sein, ihren eigenen Garten nicht unbeschützt zu lassen.

Gerade als sie sich streckt und die in der Hocke eingeschlafenen Beine wachschüttelt, biegen sie ums Eck. Zum zweiten Mal innerhalb weniger Tage steuert ein Gendarm auf sie zu. Die Nachbarin eilt heftig gestikulierend vor ihm her, deutet abwechselnd auf ihren Garten und auf sie.

Der Uniformierte betrachtet die Verwüstung.

„Jetzt sehen Sie es selber! Da hört sich doch alles auf! Die Vandalen sind heilig dagegen! Sehen Sie es? Da ist sie! Die Krautwalsche! Sie können sie gleich mitnehmen! Die muss mir den Schaden ersetzen! Ich zeige sie an! Das lass' ich mir nicht gefallen! Das wäre ja noch schöner! Und neben so jemand muss man wohnen!"

„Ruhe!" Der Gendarm schaut unwillig auf die Frau vor sich. Kurz stockt sie und setzt fort: „Na, und jetzt? Ist das alles? Was machen Sie jetzt?" Die Missbilligung in ihrem Gesicht schreit weiter.

Er nimmt Notizblock und Bleistift aus der Rocktasche. „Wann haben Sie die Verwüstung entdeckt?"

„Heute früh. Mein Mann ist zur Arbeit gegangen und hat die Sauerei gesehen und …"

„Haben Sie jemanden im Garten beobachtet?"

„Ja, meinen Mann eben …"

„Und sonst?"

„Nein, niemand. Aber sie war das, das weiß ich!"

„Haben Sie sie gesehen?"

Sie sagt nichts.

„Also, haben Sie?"

„Ich habe geschlafen, da kann man bekanntlich nichts sehen."

„Wie kommen Sie dann auf die Idee?

„Na, weil …" Sie stockt, druckst herum, dann reckt sie sich auf die Zehnspitzen und flüstert dem viel größeren Mann etwas ins Ohr.

Die Mutter verfolgt die Szene. Sie beobachtet, wie die Miene des Gendarmen nachdenklich wird und die Frau, zufrieden mit dieser Wirkung, von ihm abrückt.

Der Mann kommt auf die Mutter zu. „Waren Sie das? Haben Sie sich rächen wollen?"

„Rächen? Wofür?" Der Blick der Mutter spielt mit der Nachbarin Katz und Maus. Sie sieht, wie in der anderen Zorn und Feigheit im Widerstreit liegen. Je mehr die sich anstrengt, umso klarer wird der Mutter, dass sie ins Schwarze getroffen hat mit der Verdächtigung der Nachbarin.

„Ihr Sohn wurde vorgestern von uns in eine Anstalt verbracht."

Am Knoten in ihrem Hals vorbei presst die Mutter hervor: „Aber wie hängt das hier mit der Sache meines Sohnes zusammen?"

Gendarm und Nachbarin zögern.

„Wer uns denunziert hat", setzt die Mutter nach, „hat uns noch keiner gesagt."

„Jetzt machen S' endlich etwas!", beharrt die Nachbarin. „Wer soll es denn sonst gewesen sein! Schauen Sie ihre Hände an!"

Die Mutter hält dem Gendarmen ruhig die erdigen, abgeschürften Hände hin. „Solche Hände hat wohl jede, die einen Garten besitzt. Sie sehen ja selbst, ich bin beim Jäten. Wollen Sie meine dreckigen Hände als Beweis nehmen?"

Der Gendarm wirkt ratlos und zunehmend gereizt zwischen den beiden Frauen.

„Ich zeige die da jedenfalls an! Nehmen Sie das jetzt endlich auf!"

Der Befehlston der Nachbarin ist zu viel. „Was glauben Sie eigentlich, wer Sie sind?" Der Gendarm baut sich vor ihr auf. „Sie kommen ständig zu uns gerannt! Meinen Sie, wir sind nur für Sie und Ihre Hausfrauenstreitigkeiten da? Kommen Sie auf den Gendarmerieposten, dann nehmen wir eine Anzeige gegen unbekannt auf."

Er verschwindet schimpfend ums Eck.

„Gegen unbekannt! Aber damit kommst du mir nicht durch!", droht sie zur Mutter herüber.

Hans

Die Klinge schabt über seinen Kopf. Er hält die Lider geschlossen. Was ich nicht seh, ist nicht! Doch selbst von innen folgen seine Augen dem Gleiten des Rasiermessers, als sei seine Schädeldecke ein Glasdach. Wo das Messer entlangfährt, sacken braune, geschäumte Haarbüschel zu Boden wie durch Sturm vom Dach gefegte Nester.

„Fertig!" Der Mann wischt ihm über den Kopf. Rasieren konnte er. Routine eben.

Sie hatten ihn gebracht. Vom Berg hatten sie ihn am Strick hinuntergezogen, in einem Männertempo, mit dem seine Füße nur mühsam mithalten konnten. An der Bahnarbeiterhütte zogen sie ihn vorbei, höhnten, „eine schöne Spur hast du uns hinterlassen", und deuteten zum Herz auf der Fensterscheibe.

Der Anstaltsleiter nahm ihn in Empfang. Er rief den zuständigen Erzieher und wies ihn an: „Strafrasur. Und sonst wissen Sie ja, was mit dem Zögling zu tun ist."

Da hatte Hans diese Worte zum ersten Mal gehört. „Zögling" und „Strafrasur".

Der Erzieher stellte ihn unter die Dusche. In der Kälte des Wassers gefror selbst sein Zittern. Er stand entblößt vor dem Mann und fühlte seine Blicke wie einen Schraubstock um sich. Der Mann reichte ihm ein Stück Seife. Damit konnte sich Hans Schweiß und Dreck der Flucht von der Haut waschen. Die Schamröte, die ihm aus den Poren sickerte, blieb.

Als er sauber war, reichte ihm der Erzieher Hose und Hemd aus dem Anstaltsdepot. „Hier tragen alle das Gleiche. So bringst du uns jedenfalls keine Läuse ins Haus."

Dann wurde er vermessen: Größe, Gewicht, Kopf- und Brustumfang. In seine Ohren schaute er und auf die Nägel. Der Erzieher trug alles in eine Tabelle ein, auf der „Zöglingsakt" stand. In die Spalte „Vergehen" schrieb er: Flucht. In die Spalte „Strafe": Rasur.

Der Erzieher zieht ihn vom Schemel hoch und schiebt ihn zu einem Spiegel an der Wand. Er steht hinter ihm. Seine Hände liegen auf Hans' Schultern. Ins Spiegelbild hinein erklärt er und sieht sich dabei selber an: „Jedem, der abhaut, wird der Kopf kahl rasiert. Die meisten lassen es dann."

Da ist einer im Spiegel, der blinzelt, sobald Hans blinzelt, einatmet, wenn er es tut, die Hand bewegt, wenn er sie bewegt, und ist doch ein Fremder, mit einem fremden Kopf. Ein Imitator seiner selbst. Ein fremder Hans. Ein anderer. Er ist es nicht. Er ist nicht der, der hierhergebracht wurde, nicht der Weggebrachte, der Eingefangene, der Rasierte. Nicht er, Hans, ist es, dem all dies widerfährt. Der Zögling ist es. Er wird diesen Zögling stellvertretend in all das hineinschicken, was kommt. Diesen Fremden hineinschicken, und er, Hans, wird inzwischen verborgen bleiben und ihn beobachten, bis er wieder nach Hause darf.

Und so beobachtet er, von ein wenig oberhalb, wie Zögling Dakosta, in einem zu großen Hemd, dem Erzieher folgt, den Waschraum verlässt, wie er durch den langen Gang marschiert, durch eine Tür in einen Schlafsaal mit vierzig Betten, wie ihm eines dieser Betten und ein Spind zugewiesen werden.

„Du bist die Nummer siebenundzwanzig."

Auf dem Bett „siebenundzwanzig", auf dem Spind, auf der Decke, dem Polster „siebenundzwanzig". Er sieht, wie der Erzieher dem Zögling Dakosta Nadel und Faden reicht. „Sticken! In Hemd und Hose. Siebenundzwanzig. Los!"

„Hunger hätt' ich", flüstert der.

„Was hat er? Noch keinen Handstreich gearbeitet und will sich schon den Bauch vollschlagen! Schieb dein Nähzeug ein und komm!"

Der Erzieher voraus, Zögling Dakosta hinterher. Die Aussicht auf Essen macht ihm die Schritte leicht. Sie durchqueren Gänge, biegen um Ecken. Nirgends Menschen, nirgends Bilder. Kahle Wände, gepflasterte Böden. Sie verlassen das Haus, gehen über einen Kiesweg entlang unzähliger Beete gleicher Größe. Jedes Beet bepflanzt mit Gemüse. Karotten sieht er unter dem Grün herausspitzen, Salatköpfe, blühendes Kartoffelkraut. Einzelne Beete unbepflanzt. Vor einem dieser leeren Beete bleibt der Erzieher stehen. An dessen Kopfende steckt ein Täfelchen mit der Nummer siebenundzwanzig in der Erde.

„Das ist deines. Du wirst hier Gemüse anpflanzen, ziehen und abliefern. Das ist dann dein Beitrag zu dem, was es hier zu essen gibt."

Er registriert Dakostas betroffenen Gesichtsausdruck.

„Keine Angst", grinst er, „du bekommst nicht erst etwas zu essen, wenn bei dir etwas gewachsen ist. Wir sind ja keine Unmenschen."

Der Zögling Dakosta trottet wieder hinter ihm her.

„Morgen gehst du zum Hausmeister. Er ist auch der Gärtner hier, der gibt dir Pflanzen für dein Beet. Du findest ihn dort hinten, in dem Häuschen."

Er führt ihn wieder durch unzählige Gänge. Sie betreten einen Saal.

„Hier wird gegessen. Jede Reihe", er weist auf die drei langen Tischreihen, „ist für einen der Schlafsäle. Du bist im Schlafsaal eins, also hier am linken Tisch, Platz Nummer …?" Er schaut ihn auffordernd an.

„Sieb-benundzwanzig?", stottert Dakosta.

„Mhm. Wenigstens bist du nicht schwer von Begriff. Die Nummer steht auf der Stuhllehne. Um sieben ist Abendessen. In jedem Gang hängt eine Uhr. Sei pünktlich! Bis zum Essen stickst du deine Nummer in die Wäsche ein."

Wieder Gänge, wieder Schlafsaal, Bett Nummer siebenundzwanzig.

„Ich bin übrigens für dich zuständig. Mein Zimmer ist das vorletzte auf diesem Gang."

Dakosta sieht ihm nach, bis die Tür ins Schloss fällt. Er kramt Nadel und Faden aus der Hosentasche, zieht sich das Hemd aus und beginnt zu sticken. Er hat der Mutter oft dabei zugesehen.

Beim Gedanken an sie krampft sich etwas unter seinen Rippen zusammen. Hans beobachtet den Zögling Dakosta auf seinem Lager, wie er den Faden durch den Stoff zieht. Von leicht oberhalb beobachtet er ihn, von da aus, wo er bisher seinen Schutzengel vermutet hat, doch der dürfte nicht immer auf seinem Posten sein.

„Dann schau halt ich auf dich, Dakosta. Das verspreche ich dir." Hans sieht, wie Dakosta den Mund bewegt und die geflüsterten Worte daraus hervorkommen.

Später folgt Dakosta dem Minutenzeiger auf dem großen Ziffernblatt der Ganguhr vor dem Speisesaal. Durch seine Gedanken ziehen Bilder von dampfenden Schüsseln,

Würsten, Knödeln. Der Hunger verdrängt sogar seine Furcht vor dem ersten Zusammentreffen mit den anderen Zöglingen.

Er hört sie, bevor er sie sieht. Wie eine Ameisenstraße strömen sie an ihm vorbei in den von einem Erzieher aufgesperrten Speisesaal. Unzählige Augenpaare mustern ihn und bleiben an seinem kahlen Kopf hängen. Er hat sich einmal gefragt, ob Schamröte bis unter die Haare reicht. Überrascht sieht er einzelne kahle Köpfe aus der Zöglings-Zweierreihe herausleuchten und ist erleichtert. Der Erzieher deutet ihm, sich am Schluss einzureihen.

Er stellt sich wie die anderen mit Tablett, Teller und Besteck an die Theke der Essensausgabe, begibt sich wie die anderen an den vorgesehenen Platz, stellt seinen Teller ab, bleibt wie die anderen hinter der Sessellehne stehen, bis jeder an den Tischen eingetroffen ist. Eine Erzieherin verkündet: „Wir haben einen Neuen, Hans Dakosta, Nummer siebenundzwanzig!", und spricht das Tischgebet. Dann endlich … Specklinsen. Es gibt Augenblicke, Gerüche, Geschmäcker, die sich unauslöschlich in die Erinnerung einnisten. Hans isst und alles rundherum wird bedeutungslos.

Der Vater

Er gibt sich einen Ruck und klopft. Auf der Wartebank im Amt hat er viel Zeit gehabt, über seinen Umgang mit den Vorfällen nachzudenken.

„Hast deinen Schlüssel vergessen?" Die Nachbarin reißt die Tür auf. Sie trocknet sich die Hände an einem Geschirrtuch.

„Du? Was willst?" Sie ist auf der Hut. Er räuspert sich, zögert.

„Also wennst nichts zu sagen hast …" Sie schickt sich an, die Tür zuzuschlagen, stoppt kurz: „Und halt gefälligst deine Frau in Zaum, sonst werdet ihr ganz anderes erleben als das mit eurem Sohn. Ich warn' dich."

Der Vater stellt den Fuß in den Türspalt.

„Tu sofort den …."

„Ich hab erst angefangen. Also hör zu! Wir wissen, dass du das warst mit der anonymen Anzeige!"

Die Nachbarin wischt nervös über den Türgriff. Dann tritt sie gegen seinen Fuß, um ihn dazu zu bringen, ihn zurückzuziehen.

Ungerührt spricht er weiter: „Und was den Garten betrifft …"

„Sauerei! Das …"

„Ich bin noch nicht fertig! Sollte also in unserem Garten in nächster Zeit etwas nicht in Ordnung sein, werden wir das melden. Und nachdem deiner heute so verwüstet war, kannst du dir vorstellen, dass sie dann genau wissen, wer dafür verantwortlich ist. Dafür hast du ja gesorgt.

Außerdem werden wir uns für den Fall auch überlegen, wobei wir wiederum deinen Sohn erwischt haben könnten. Und wie schnell die mit der Übernahme der Vormundschaft durch das Amt sind, hast du gerade gesehen."

„Drohst du mir?"

„Der Krieg ist übrigens aus, wollt' ich dir noch sagen. Ich will hier keine Fortsetzung haben. Aber, wenn es nötig ist, werden wir uns wehren. Also, überleg's dir gut!"

Er dreht sich um und überquert den Gang zu seiner Wohnung. Es bleibt still hinter ihm.

Im Krieg war es scheinbar klar gewesen, wer die Feinde waren, dafür sorgte die Partei. Je länger er jedoch in der Fabrik an der Hobelbank stand und mitbekam, wie den polnischen und ukrainischen Zwangsarbeiterinnen neben ihm übel mitgespielt wurde, umso mehr löste sich die Klarheit auf. Da war ihm dann schlecht geworden, beim Verhalten der edlen arischen Rasse.

„Tüchtig und ehrlich musst sein, dann geht's dir gut", gab ihm die Mutter mit, als er, um Arbeit zu finden, von daheim wegging. Beim letzten Besuch im Dorf, kurz bevor der Krieg ausbrach, sagte sie noch: „Und denk daran, unser Herr ist der da oben, nicht der Hitler oder der Mussolini."

Aber mit der Ehrlichkeit ist es so eine Sache. Wenn deine Wahrheit nicht der Wahrheit der Mächtigen entspricht, legt Ehrlichkeit dir schnell den Strick um den Hals oder schickt dir eine Kugel. Das hat die Mutter wohl nicht gewusst.

Damals in der Fabrik wagte er nicht, einzuschreiten, als sie die Ukrainerin ins Eck drängten, und nicht, als sie dem halb verhungerten Franzosen das Brot aus der Tasche stahlen. Er schämte sich. Aber was hätte er tun können, als weiterhobeln an den Gewehrschäften, die sie herstellten, Zwangsarbeiter wie Hiesige? Er trug Verantwortung für die Familie. So schwieg er und tat, was er für notwendig hielt, um sie zu schützen. Er hatte, was er sah, in sich eingelagert und sich nach außen hin unterworfen.

Damals ist das Schamgefühl in seinen Magen eingezogen wie eine düstere Bewohnerin, die ihm häufig heraufbrannte in die Kehle, die er jedoch zu ertragen lernte, wie eine verdiente Strafe. Auch die Sperre im Hals spürt er immer noch, als könnte sich sein Körper an die Zeit erinnern, als es gefährlich war, die Stimme zu erheben.

Diesmal muss er es tun, etwas fordern, muss reden. Die Arbeit am Frieden erscheint ihm beschwerlicher als die an der Werkbank.

Er schließt die Wohnungstür hinter sich und lässt sich auf die Schuhbank fallen. Er atmet tief durch, knotet sich die Schuhbänder auf, stellt die Schuhe nebeneinander und reibt sich den getretenen Fuß.

Die Silhouette seiner Frau bewegt sich hinter der trüben Glasscheibe der Küchentür vorbei. Die Geräusche ihres Hantierens dringen zu ihm. Die Existenz seiner Frau nimmt er zunehmend nur mehr an den Geräuschen wahr, die sie durch ihr Tätigsein verursacht. Mit einem Seufzer hievt er sich hoch und betritt die Küche.

Die Frau hält inne. Ihr fragender Blick folgt ihm bis zur Bank.

Er ist am späten Vormittag zum Amtsgebäude gegangen. Es ist in den Kriegsjahren unversehrt geblieben. Eine Bank zieht sich entlang des Ganges. Sie besteht aus einem einzigen an der Wand befestigten, von unzähligen Hinterteilen Wartender glatt geschliffenen Brett.

Mehrere Personen harrten regungslos darauf aus. Zeit und Bewegungen flossen erst mit dem Öffnen einer Bürotür weiter, ruckweise, bevor sie erneut stockten. Erst einmal hatte sich eine Tür aufgetan und der Nächste wurde in einen dahinterliegenden Amtsraum gerufen.

Er wartete. Die Frau neben ihm trug gute Schuhe und eines dieser neumodischen Kleider, mit schmalem Mieder und weitem schwingendem Rock, bei dem der Saum oberhalb des Knies liegt. Der Trend kommt aus Paris. Ob sie ein Franzosenliebchen ist? Nein, dann würde sie wohl nicht hier sein, dann hätte sie wohl einen Franzosen, der etwas für sie regelt. Aber vielleicht … kann sein, dass sie eine von den ledigen Müttern ist …, nein, die sind arm, die haben keine Schuhe wie diese. Aber vielleicht hat sie sich das schöne Gewand ausgeliehen, um bei den Beamten Eindruck zu machen. Machen im Moment viele.

Die Tür öffnete sich und der vorhin dahinter verschwundene Mann eilte durch den Gang davon. Hinter ihm blieb eine Frau unter dem Türstock stehen und verkündete: „Zwölf Uhr! Der Parteienverkehr ist für heute beendet. Morgen um acht Uhr können Sie erneut vorsprechen“, und brachte hastig die geschlossene Tür zwischen sich und das Murren der Wartenden.

„Das heißt, du hast nichts erreicht.“ Aus dem Gesicht seiner Frau schlägt ihm Verachtung entgegen. Er würde morgen wieder hingehen, versichert er ihr. Er wird einen Tag von seinen zwei Wochen Jahresurlaub nehmen müssen, sonst bekäme er Abzüge vom ohnedies kargen Lohn.

Hans

Hoch konzentriert verfolgt er, wie sich die anderen verhalten. Er nimmt sich Wasser aus dem eingestellten Krug, schweigt während der Mahlzeit, legt den Löffel zur Seite, nachdem er den Teller leer gegessen hat, platziert beide Hände flach auf dem Tisch, bis alle mit dem Essen fertig sind, steht mit den anderen auf, bewegt sich in der Reihenfolge der Tisch- und Sesselanordnung in der Zöglingsschlange auf den Gang hinaus. Der kleinere Zögling neben ihm in der Zweierreihe raunt ihm zu: „Jetzt kommt die Freizeit. Geh einfach mit mir mit."

Sie gelangen in die Anlagen hinter dem Schulgebäude. Bodenmarkierungen weisen einen Teil als Fußballplatz aus. Von einer Mauer begrenzte, abgemähte Wiesen gruppieren sich darum. Ein Obstanger mit altem Baumbestand trennt die Rasenflächen vom Nutzgarten. Die Zöglinge strömen auseinander, kommen in Bewegung, werden laut. Drei Erzieher und eine Erzieherin setzen sich auf eine Bank an der Hauswand.

Hans lässt sich unter einem Baum im Obstanger nieder. Müdigkeit macht ihm die Augen trüb und alles scheint zu verschwimmen, das Außen, das Innen, das Jetzt und das Gewesene. Bilder von Hundemäulern, Uniformen, Tunnelportalen, dem Glatzkopf im Spiegel poppen auf und schweben unwirklich an ihm vorbei wie Seifenblasen. Bevor er endgültig wegdämmert, nimmt er den auf sich gerichteten Blick des Erziehers wahr und die Wärme der Specklinsen in seinen Gedärmen.

Eine Trillerpfeife weckt ihn. Kurz weiß er nicht, wo er sich befindet. Der Kleine zieht ihn am Ärmel hoch und weiter in die Zweierreihe auf dem Kiesweg vor dem Tor. Er lässt es mit sich geschehen.

Kaum im Schlafsaal angekommen, umringen ihn einige Zöglinge. Sie tragen alle die gleiche Kleidung. Zwei mit Glatze fallen auf.

„Sag, was hast du ausgefressen? Wieso bist du jetzt schon kahl?“

„Wo kommst du her?“

„Hast schon Bekanntschaft mit dem Feldwebel gemacht?!“

„Der weiß wahrscheinlich noch gar nicht, wer der Feldwebel ist“, antwortet ein anderer stellvertretend für ihn.

Der Kleine aus der Zweierreihe steht auch dabei.

„Du klingst wie ich“, redet Hans ihn an. „Bist du auch aus dem Unterland?“

Der Kleine nickt und streckt ihm die Hand entgegen, „Roland.“

„Oder Zwerg“, wirft ein anderer ein, „wegen …“, er deutet mit der Hand eine sehr geringe Höhe an. Alle lachen.

„Roland also. Und ihr?“, Hans wendet sich den beiden Kahlköpfen zu, „seid ihr auch abgehauen?“

„Versucht haben wir's zumindest. Mich haben sie am Bahnhof aufgelesen.“ Er zuckt resigniert mit den Schultern. „Stefan“, er hält ihm die Hand hin.

„Und mich hat meine liiiiebe Frau Mutter persönlich wieder hier abgeliefert“, höhnt der Zweite. „Kurt, übrigens.“

Ein langer Dürrer stellt sich als Friedrich vor, „Und du bist also der Dakosta, hat's im Speisesaal geheißen. Sag grad, dich hat ein Italiener in unseren schönen deutschen

Landen angebaut? Hat sich deine Mutter mit den Feinden eingelassen, oder was?“

Hans weiß nicht, wo die Heftigkeit plötzlich herkommt. Blitzschnell springt er den Zögling an, reißt ihn zu Boden und drischt auf ihn ein. Er merkt nicht, wie alle zurückweichen, „Achtung, der Feldwebel!“, spürt erst die Veränderung, als ihn zwei große Hände an den Schultern packen, ihn hochheben und am Ohr hinaus in den Gang ziehen.

Zum zweiten Mal an diesem Tag rinnt das eisige Wasser an ihm herab. Zum zweiten Mal an diesem Tag beobachtet Hans, wie Dakosta unter der Dusche steht. „Den Hitzkopf gewöhnen wir dir schon noch ab“, hört er den Feldwebel sagen und dass er sich abtrocknen und wieder anziehen soll. Doch diesmal sieht Hans nicht die Scham aus Dakosta sickern, sondern wie sich der heiße Zorn in ihm einnistet, besonders in seinem feuerroten Ohr. Da kann die ganze Kälte nichts dagegen ausrichten. Später wird der Feldwebel erneut einen Eintrag in seinen Zöglingsakt machen wie ein Buchhalter der Disziplinierung. Vergehen: Rauferei. Strafe: Kalte Dusche.

Zurück im Schlafsaal, warten seine Mitschläfer bereits in Reih und Glied darauf, vom Erzieher in den Waschraum geführt zu werden. Hans bleibt allein zurück. Er zieht sich ein bereitgelegtes Nachthemd über, das ihm bis auf die Füße fällt und an seinen Armen um Handbreite über die Fingerspitzen hinausragt. Eilig schlüpft er unter die Decke seines Bettes Nummer siebenundzwanzig, um zu verhindern, dass ihn jemand in diesem Aufzug zu Gesicht bekommt. Sein Gewand liegt gefaltet über dem metallenen Rohrgestell des Fußendes.

Er hört sie zurückkommen. Bei jedem Bett löst sich einer aus der Reihe, kramt unter der Decke das Nachthemd hervor, schlüpft aus dem Gewand, faltet es und legt es in den eigenen Spind. Die gelichtete Zöglingsreihe bewegt sich an seinem Bett vorbei. Wie zufällig und als würde es ihm völlig entgehen, streift Friedrich die Kleider von Hans' Bettgestell. Alle gehen weiter, bis sich jeder bei seinem Schlafplatz eingefunden hat.

Der Feldwebel beobachtet vom Eingang aus die Vorgänge. Alle Zöglinge liegen unter den Decken. Er schreitet durch den Gang. Vor dem Kleiderhaufen auf dem Boden vor Hans' Bett bleibt er stehen. Ohne etwas zu sagen, zeigt er mit einer Hand auf den Haufen, mit der anderen winkt er Dakosta zu sich.

Diesem bleibt nichts anderes übrig, als die Decke zurückzuschlagen und aufzustehen. Er nimmt seine Kleider auf, will am Feldwebel vorbeigehen und wird von einer Ohrfeige zurückgeworfen. „Du brauchst offenbar ein paar Tätschen, damit du begreifst, wo's hier langgeht."

Begleitet von unterdrückten Lachern legt er seine Kleidung in den Spind und schlüpft wieder unter die Decke.

Der Feldwebel versperrt alle Spinde und löscht beim Verlassen des Schlafsaals das Licht.

Hans sieht, wie sich der Dakosta unter der Decke in sich verkriecht, und begreift, es gibt hier kein Versteck.

Die Betten stehen eng beieinander. Dakosta kann Roland nebenan atmen hören. „Scheiß-Feldwebel", flüstert er unter der Decke heraus in seine Richtung.

„Immer noch besser als die Erzieherin", kommt es von Roland zurück.

Die Erzieher

Der Gang liegt verlassen. Rechts schaut die Nacht durch hohe Fenster, links geschlossene Schlafsaaltüren. Er tritt leise auf, hört manchmal in einen Schlafsaal hinein. Manchmal dringt die Stimme eines Buben schlafgedämpft heraus. Er liebt diese Stunden der Stille, die ihm suggerieren, auch hier gäbe es Frieden.

Auf dem Weg zurück in sein Zimmer kommt er an dem seines älteren Kollegen vorbei. Ein dumpfes Geräusch irritiert ihn. Er klopft.

„Schert euch zum Teufel!"

Der Erzieher öffnet die Tür und muss sich reflexartig ducken. Neben seinem Kopf schlägt ein Schuh krachend an den Türstock.

„Raus!"

„Ich bin's! Was ist los mit dir?"

Der Kollege versucht, so schnell es sein Zustand zulässt, etwas unter dem Schreibtisch zu verstecken.

„Kannst es dalassen!"

Der Ältere stellt eine Flasche zurück auf den Tisch und antwortet mit schwerem Zungenschlag: „Hast recht, eh scheißegal."

Ein scharfer Geruch aus Schweiß, Alkohol, Moder schlägt ihm entgegen. Er öffnet das Fenster.

Der Schuhwerfer grummelt vor sich hin. Er sitzt auf dem einzigen Stuhl, Beine auf dem Bett, den Oberkörper halb auf dem Schreibtisch. Der Besucher wuchtet sich auf die Kommode. „Was hast denn da?"

„Bist zum Schnorren gekommen?"

„Eigentlich wegen etwas anderem. Du bist der Zuständige für den Neuen."

„Kannst nicht einmal um Mitternacht Ruhe geben?"

„Stell dich nicht so an! Was ist mit dem los? Wieso ist der bei uns gelandet?"

„Sittliche Verwahrlosung. Aber weit her kann's damit nicht sein. Der ist ganz rot geworden, als ich ihn duschen hab' lassen. Normal schüchtern, würd' ich sagen."

Beide schweigen sich an. Sie wissen, für die Einweisungen werden von den Entscheidungsträgern immer Gründe gefunden. Aus angesehenen Familien kommen die Zöglinge nie. Uneheliche und Kinder, von denen die Väter im Krieg geblieben sind und die Mütter schauen müssen, wie sie allein zurechtkommen, die sind in der Anstalt. Oder solche, bei denen der Kampf ums Überleben in den Familien nach dem Krieg nie aufgehört hat, und es sind auch welche dabei, die sich partout nicht an die Regeln halten wollen.

„Wieso ist der rasiert?"

„Geflüchtet. Aus dem Zug gesprungen auf dem Überstellungstransport."

Der Jüngere grinst.

„Findest das lustig? Mit dem werde ich Scherereien haben, das seh' ich schon kommen! Solchen musst du von Anfang an zeigen, wo es langgeht." Er nimmt einen kräftigen Schluck.

„Gib mir auch einen!"

Der Ältere reicht ihm die Flasche.

„Pfahhhh! Was ist das? Möchtest blind werden?"

„Dann lass es halt! Bleibt mir mehr."

Er nimmt die Flasche zurück und setzt sie erneut an.

Der Jüngere lehnt an der Wand und schaut ihn prüfend an. „Es ist schon spät. Kannst nicht schlafen?"

„Was interessiert's dich?" Er stiert vor sich hin. „Hab' gedacht, es ist vorbei."

„Was meinst?"

Ein glasiger, abschätziger Blick trifft den Jüngeren. „Glück der späten Geburt, hm? Wie alle da draußen", er deutet zu den Schlafsälen. „Neunzehnzweiunddreißig, dreiunddreißig, vierunddreißig? Sag!"

„Einunddreißig."

„Kannst leicht reden!", knurrt der Ältere.

„Glaubst, das war ein Glück, dass mir schon als Kind die Bomben um die Ohren geflogen sind? Oder für die Buben, dass sie in so eine Anstalt müssen?"

„Erwischt hat's dich jedenfalls nicht. Und die da draußen", er deutet mit einer Kopfbewegung in Richtung der Schlafsäle, „selber schuld. Hätten sich halt g'scheit aufführen sollen, dann wären sie nicht hier. Ich hab' dagegen immer meine Pflicht erfüllt und dann, zur Belohnung …"

Der Jüngere starrt ihn an. Er hat davon gehört, dass der Kollege erst vor ein paar Jahren aus der Kriegsgefangenschaft zurückgekommen ist und eine Weile versucht hat, wieder heimzufinden zu seiner Frau und seinem Sohn. Die Taubheit in Kopf und Herz wollte er mit Alkohol vertreiben, der sich dann doch nur als Treibstoff für seine Wut erwies. Besonders, als er im Gasthof hörte, dass es einen gab im Dorf, den die Frau wohl gern gesehen hat, während er im Lager saß, als er erfroren ist, irgendwie. Besonders da ist er wütend gewesen, als er den anderen zur Rede stellte und der dann aus der Nase blutete und er nur aufhören konnte mit dem Dreinschlagen, weil sie ihn gehalten haben. Zu seinem Glück gehalten, sonst säße er jetzt woanders. Er ist dann aus dem Dorf gegangen, aus der Ehe, aus der Vaterverantwortung.

Da ist ihm die Stellenanzeige untergekommen. Erzieher suchten sie und boten dazu ein Zimmer und Essen. Überall mangelte es an Männern in diesen Zeiten. Sie verlangten keine Ausbildung, sagten nur: „Für Disziplin musst du sorgen. Aber einer, der Wehrmacht und Lager hinter sich hat, der weiß ohnedies, wie das geht", und stellten ihn ein.

„Du warst im Lager, ich weiß", wirft der Jüngere vorsichtig ein. „Nur, wir sind hier nicht in einem Lager, du auch nicht mehr."

„Bist dir sicher? Vergess' ich manchmal", brummt der Ältere, während er sich im Zynismus und im nächsten Schluck ertränkt.

„Warum säufst so?"

„Weil ich keinen Grund hab', es nicht zu tun."

„Jetzt hör schon mit dem Selbstmitleid auf. Du weißt, dass du dir nicht mehr viel leisten kannst. Der General hat dich im Auge."

Unter sich nennen die Angestellten den Anstaltsleiter „General".

Der Ältere springt auf, stößt sich an der Tischkante, als er auf den Kollegen zutorkelt.

„Der General, der General!", äfft er den Kollegen nach, die Hand im mittlerweile verpönten Gruß erhoben.

„Brauch' keinen General mehr in meinem Leben!", lallt er.

Er bringt sein Gesicht so nah an das des anderen heran, dass der einen Speicheltröpfchen-Sprühregen abbekommt. „Selbstmitleid also? Eine Wut hab ich, sehr verehrter Kollege! Eine Wut! Ich weiß gar nicht, wohin damit. Alles würd' ich am liebsten zusammenschlagen. Wut, Wut, Wut …" Er wankt im Marschschritt weiter zum Waschbecken, dreht den Hahn auf und hält den Kopf unter den Wasserstrahl. Er wischt sich über das Gesicht, richtet sich auf, schüttelt die Tropfen aus den Haaren. Immer wenn er sich besäuft, schiebt sich die Vergangenheit in die Gegenwart wie ein Herberge suchender Landstreicher. Er wünschte, er könnte sie ebenso wegschütteln aus seinem Kopf. Er geht zum Bett und lässt sich fallen.

„Auf was denn wütend?"

Die Stimmbänder des Kollegen streiken.

„Glaubst wirklich, du hast ein Recht darauf, wütend zu sein? Dein ewiges Selbstmitleid kotzt mich an. Du tust, als wärst du hier das Opfer."

Der Ältere stiert vor sich hin.

„Hör auf mit der Sauferei!"

Jetzt doch die Stimmbänder: „Keiner sagt mir mehr, was ich tun und lassen soll! Keiner!"

Der Jüngere springt von der Kommode. „Dann halt nicht." An der Tür zögert er. „Deinen Frühdienst morgen übernehme ich. Bleib liegen!"

Hans

Staubpartikel flimmern in der Morgensonne. Ein Zögling nach dem anderen schält sich aus der Decke, stellt sich barfuß auf den Steinfliesenboden. Sogar im Sommer bleibt er kühl. Zweierreihe. Klo und Waschraum.

Als gäbe es einen Marionettenspieler, der ihn an Beinen und Armen zieht, bewegen sich Dakostas Glieder mit. Er hört das Kichern hinter sich. Das lange Nachthemd schlägt kalt gegen seine Beine. Im Waschraum erst begreift er, es ist nass, und begreift dennoch nicht, woher die Nässe kommt.

Er nimmt die Zahnbürste aus dem Becher, drückt Pasta aus der weitergereichten Tube darauf, putzt sich die Zähne, wäscht sich das Gesicht. Als der ebenfalls weitergereichte Kamm bei ihm eintrifft, fährt er sich damit langsam über den kahlen Kopf, tut so, als würde er in verfilzten Haaren hängen bleiben, sie lösen, zieht einen Scheitel und streicht sich die imaginäre Frisur mit dem Kamm nach hinten. Dann zupft er unsichtbare Haare aus dem Kamm und klopft ihn am Beckenrand aus. Das Geräusch hallt in der entstandenen Stille laut. Er reicht ihn an Roland weiter. Alle halten inne und beobachten ihn. Grinsen, Fassungslosigkeit. Manchem ist der Dakosta auch ein wenig unheimlich.

Der Erzieher hat die Kammszene nicht mitbekommen. Die plötzliche Stille und die Lacher irritieren ihn. Er registriert die Blicke, die auf Dakosta gerichtet sind, und beschließt, ihn vorsorglich im Auge zu behalten.

Zurück im Schlafsaal, holt Dakosta seine Kleidung aus dem Spind. Nach dem Anziehen widmen sich alle dem Bettenmachen. Wie das Bett aller besteht auch seines aus Polster, einer rauen Decke, die in ein Leintuch eingeschlagen ist, und einer mit einem Leintuch bezogenen Matratze. Doch in seinem befindet sich noch etwas, das da nicht hingehört. Er steht davor, hält das Knäuel seines feuchten Nachhemds in der Hand und starrt auf den großen, dunklen Fleck.

Dakostas Schrecken ist bis zu Hans hinauf spürbar und diesmal ist auch Hans ratlos.

„Ah, haben wir schon wieder einen! Schneider, komm her, erklär ihm, wie das hier mit Bettbrunzern läuft. Die anderen antreten zur Gartenarbeit."

Fünf Zöglinge bleiben zurück. Sie schauen sich nicht an. Sie ziehen die Bettwäsche von ihren Lagern ab. Dakosta tut es ihnen gleich. Besagter Schneider deutet ihm, ihm samt der Wäsche zu folgen. Sie steigen die Treppe hinunter in den Keller und betreten eine Waschküche. Einer der Zöglinge lässt einen Trog mit Wasser volllaufen. Sie weichen ihre Leintücher und Nachthemden darin ein. Der Reihe nach rubbeln sie mit der am Rand liegenden Seife an den Urinflecken. Es ist seltsam still. Sie wringen die Wäschestücke über dem Abflussloch im Boden aus. Dakosta ist als Letzter an der Reihe.

„Wenn du fertig bist, hängst du deine Tücher im Garten auf die Wäscheleine und dann trägst du die Matratze in die Sonne hinaus. Heute ist Schönwetter, da wird sie bis zum Abend trocken. Wenn es regnet, hängen wir die Wäsche hier auf", er weist auf die an der Decke gespannten Schnüre, „und die Matratzen … die bleiben dann halt nass."

„Ich werde die Schnüre nicht brauchen. Weiß nicht, wie das heute passieren hat können." Schneider zuckt mit den Schultern und verschwindet. Dakosta bleibt allein zurück.

Schneider erwartet ihn im Schlafsaal. Mit Mühe schleppen sie die Matratzen hinaus und lehnen sie an die Außenwand. Dann rennen sie zum Speisesaal.

Als Dakosta sich auf den Siebenundzwanzig-Sessel fallen lässt, ist das Frühstück fast zu Ende. Der Teekrug ist leer, so leer wie der Brotkorb. Die Zöglinge schauen unbeteiligt. Roland schiebt ihm unter dem Tisch eine halbe Brotscheibe zu. Die meisten haben schon die Hände auf dem Tisch liegen, als Zeichen, dass sie fertig sind. Dakosta kann noch hastig einen Bissen hinunterschlingen, bevor die für den Speisesaal zuständige Erzieherin das Frühstück beendet.

Der Feldwebel hat Roland angewiesen, Dakosta mit in die Schule zu nehmen. Im Klassenraum der Vierten drängen sich die Bänke für die vierzig Schüler eng aneinander. Der Platz neben Stefan ist frei. Ins Holz sind die Initialen O. L., K. M., S. R., P. U., M. N. geritzt. Dakosta erinnert sich an sein H in der Glasscheibe der Hütte. Er würde kein H. D. mehr irgendwo hinterlassen.

„Die Glatzenbank!", höhnt Friedrich, als er Stefan und Dakosta nebeneinander sieht. Dakosta hatte gehofft, Friedrich ginge in eine andere Klasse.

Roland hält Wache an der Tür. „Sie kommt!" Alle springen auf, stellen sich hinter ihren Stuhl. Die Lehrerin bleibt vor der Tafel stehen. Über ihrem Kopf hängt ein Kruzifix an der Wand. Sie bekreuzigt sich und setzt die gleiche Bewegung bei vierzig Schülern in Gang. Fasziniert beobachtet Dakosta, wie die Fülle ihres Busens es ihr schwer macht, beim Kreuzzeichen ihre linke Seite zu erreichen.

Und als sie ihren Busen berührt, fragt er sich, wie sich diese Stelle wohl anfühlt. „Vater unser im Himmel … und führe uns nicht in Versuchung, sondern erlöse uns von dem Bösen. Amen. Setzen!"

Dakosta erhält ein Testblatt mit Rechenaufgaben, Fragen zu Heimat- und Naturkunde. Sie wolle seinen Wissensstand überprüfen. Das meiste kann er beantworten und mit jeder gelösten Aufgabe schwindet seine Angst. Sogar ein wenig zuversichtlich wird er, die Schule könnte ein guter Ort für ihn sein.

Der Gärtner

Er nimmt den Wetzstein aus dem Metallköcher am Gürtel und schleift die Sense. Dann mäht er weiter. Der Schweiß rinnt ihm unter dem Hut heraus über die Schläfen, sickert ihm in den Bart. Den Rhythmus der Mähbewegung liebt er, das Geräusch des Schnittes im Gras, den Geruch.

Der Wiesenstreifen liegt an der Rückseite des Schulgebäudes. Einer von mehreren auf dem Anstaltsgelände, für die er zuständig ist.

Die Stimmen der Lehrer und Lehrerinnen dringen heraus. Manchen hört er gerne zu. Und manchmal beeilt er sich wegzukommen, ist dankbar, draußen zu sein.

Er mäht und bewegt sich langsam, schwingt hin und zurück. Manchmal ist ihm, als sei die Sense eine Frau, die er in den Armen hält und, in einem Schwung und immer gleichen Rhythmus verschmolzen, über die Tanzfläche führt.

Die Fenster der Klasse im Erdgeschoss sind geöffnet. Immer wieder hört er einen Buben singen und dazwischen die Lehrerin, die einzelne Schüler zum Vorsingen aufruft.

Und dann hält er inne. „Sah ein Knab' ein Röslein stehn, Röslein auf der Heiden …" In der Stimme etwas, das Dornen kennt, verletzlich und doch leicht.

Drinnen bleibt es nach dem Ende des Liedes ruhig. Dann hört er die Lehrerin: „Dakosta, morgen Abend, halb acht, Chorprobe. Du meldest dich beim Chorleiter und sagst ihm, ich hätte dich geschickt."

Später gönnt sich der Gärtner eine Zigarettenpause auf der Hausbank. Er hört die Zöglinge hinten auf dem Fußballplatz. Nach dem Mittagessen und der Studienzeit sind sie in ihrem Bewegungsdrang nicht zu bremsen.

Einer steuert auf ihn zu. Pflänzchen für sein Beet würd' er brauchen, druckst er herum.

Der Gärtner zieht unwillig an seiner Zigarette. „Und wen haben sie mir da geschickt?" Er stößt den Rauch aus.

„Dakosta." Hans hustet und streckt ihm die Hand hin.

Der Gärtner lässt die Zigarette sinken.

„Also du bist das." Er pfeift die Melodie von „Sah ein Knab' ein Röslein stehn".

Dakosta nickt und zieht die Hand zurück.

Der Gärtner löscht die halb gerauchte Zigarette, nimmt eine ziselierte, silbrig glänzende Dose vom Fensterbrett und legt den Rest sorgfältig hinein.

Im Glashaus zeigt er Dakosta die hölzernen Kästen, in denen er Pflänzchen unterschiedlicher Art zieht. Mit einer ausladenden Geste deutet er darüber, als wäre er König eines Reiches. Er drückt ihm eine Kiste in die Hand. Dakosta kennt die verschiedenen Pflänzchen. Er begutachtet sie eingehend, wählt einige aus und legt sie in die Kiste. Vom Salat nimmt er fünf, einige Kartoffeln, Petersilie, Schnittlauch, Maggikraut, Samen für Karotten und Radieschen.

Der Gärtner zeigt dem Zögling, wo er Geräte und Gießwasser findet, erklärt ihm die Regeln im Garten. Er beobachtet, wie Dakosta die Pflänzchen ins Beet setzt, auf Abstände achtet, Schnittlauch und Petersilie nicht nebeneinander platziert.

„Du kennst dich aus. Woher weißt du das alles?"

Sie hätten zu Hause einen Garten. Die Mutter … Er streicht mit einem Finger über die Pflänzchen, als würde er in ihnen das Vertraute wiederfinden.

Der Gärtner hilft dem Buben, die Gerätschaften im Brunnen zu waschen und zu verstauen.

„Und noch etwas … ich bräuchte einen Gehilfen im Garten. Ich frage den Anstaltsleiter, ob du mir an den Nachmittagen helfen darfst. Vielleicht eine Stunde? Dann bleibt dir noch etwas von deiner Freizeit. Was meinst du?“

„Solang ich da bin, kann ich das ja machen …, aber ich bin bald wieder weg. Dann wirst du einen Neuen brauchen.“

„Das solltest du nicht so laut sagen, dass du bald weg sein wirst.“ Er deutet dabei auf Dakostas Glatze.

„Nein, ich hau’ nicht ab. Aber die Eltern …, die kommen bald und holen mich.“

Die Schwester

Niemand wagt es, sich auf den Hans-Platz neben die Mutter zu setzen. Seine Abwesenheit hängt wie eine unangenehme Geruchsglocke über den Schüsseln des Abendessens.

Der Vater bläst die Polenta kühl. Die Mutter kramt in der Spüle. Der Vater schaut an ihm vorbei zur Schwester: „Was ist?"

Die Schwester hat einen verbissen Ausdruck im Gesicht. Sie isst weiter, immer im gleichen Rhythmus, nur nicht aufhören, nichts anmerken lassen. Aber der Vater hat's gesehen: „Jetzt sag schon!"

Sie knallt den Löffel in den Teller. Suppe spritzt auf den Tisch. Die Mutter kommt mit einem feuchten Lappen, „zum Verschütten haben wir sie nicht", wischt und wendet sich wieder der Spüle zu.

„Alles Scheiße! Der Hans, der Trottel! Was muss er auch im Keller herummachen! Und überhaupt, sind jetzt alle deppert geworden?!" Sie fixiert den Vater. „Was los ist? Das frag' eher ich dich!"

Niemand traut sich sonst, den Vater anzuschreien. Sie beobachtet die Miene des Vaters und wie er stoisch einen Bissen Polenta in die Soße tunkt.

„Mir sagt ja keiner etwas!" In der Schule stand sie da und wusste nicht, was sie auf die Fragen nach Hans sagen sollte. In einer Erziehungsanstalt sei er … Einer von den Schwererziehbaren also! Erstmals war sie erleichtert, ihre Schulzeit in Kürze abschließen zu können.

Sie holt Luft, um erneut loszulegen: „Jetzt sagt halt endlich etwas! Porca miseria!"

Die Mutter blickt auf. „Der Hans ist kein Trottel." Ihre Stimme ist schneidend. Sie wischt heftig über den Kühlschrank.

Die Schwesteraugen schwimmen in Tränen. Sie kämpft erfolglos dagegen an. „Für dich gibt es ohnedies nur den Hans!" Bei der Schwester brechen endgültig alle Dämme.

Der Vaterblick ist scharf auf seine Frau gerichtet, als er zur Tochter sagt: „Genug jetzt! Wir haben uns nichts vorzuwerfen. Auch der Hans nicht. Er wurde zu Unrecht angezeigt. Mehr brauchst du nicht zu wissen und die anderen erst recht nicht. Und das sagst du auch deinen Freunden. Die, die weiter blöd tun, sind nicht deine Freunde. Um die ist es nicht schade! Und das mit dem Hans …, ich hole ihn zurück."

Die Schwester springt auf und stürmt aus der Küche. Die Wohnungstür fällt krachend ins Schloss.

Sie springt die Treppe hinunter, nimmt drei Stiegen auf einmal und lässt sich schwer atmend auf die Stufe vor der Haustür fallen. Im Wetterhäuschen am Rand der Gärten hat sich das Männlein in sein Tor zurückgezogen und das Weiblein schiebt sich aus ihrem. Schlechtwetterzeichen. Eh klar, denkt sie missmutig, der Bub ist weg und sie steht im Regen.

Der Enkel der Näherin knattert bereits zum zweiten Mal am Haus vorbei und endlich in ihre Aufmerksamkeit hinein. Er hält auf ihrer Höhe, steigt ab, hievt sein Moped auf den Ständer und setzt sich neben sie.

„Piaggio", sagt er. „Zweisitzer." Und das ist jetzt schon mehr eine Frage gewesen. Die Schwester kennt die einheimische Art zu flirten. Da musst du schon genau aufpassen, sonst entgeht dir das meiste.

„Zweisitzer also?!", erwidert sie.

Bisher war er immer Luft für sie gewesen. Er ahnt nicht, welcher Gedanke sich bei ihr eingestellt hat, als er vorhin so vor ihr herumgefahren ist, und kennt auch den Roman mit dem Meer nicht. Sie lacht ihn an und ihm erscheint plötzlich alles möglich. Und nicht nur ihm.

„Kathi." Sie hält ihm die Hand hin.

„Robert."

Ermutigt, wagt er zu fragen: „Du bist doch jetzt bald mit der Schule fertig?"

Sie nickt. „Und?"

„Wirst du …, wirst du weggehen?"

Sie zuckt mit den Schultern.

Kathi lehnt sich an den Türrahmen, streift die Schuhe von den Füßen und legt die Beine quer über den Treppenabsatz. Er lehnt sich an die andere Seite des Rahmens. Er beobachtet sie, zunehmend unsicher wegen ihrer Nachdenklichkeit, und fügt nach einer Weile hinzu: „Weißt du es nicht?"

„Sie werden mich wohl irgendwo als Dienstmädchen hinschicken. Liechtenstein vielleicht, oder Schweiz."

Er beugt sich vor und schaut sie eindringlich an, „Aber angenommen, du wärst völlig frei, was würdest du tun?"

„Frei?!"

„Ja, wovon träumst du? Was wünschst du dir?", er redet sich in Fahrt.

Sie lacht ihn aus. Aber er lässt sich nicht beirren, hält sie mit seinen Fragen im Blick fest.

„Das hat mich noch keiner gefragt, was ich mir wünsche." Sie streicht sich über die Stirn. „Rundherum sind alle immer nur mit Überleben beschäftigt, seit ich denken kann. Aber leben, so, dass man nicht nur zu essen hat und ein Dach über dem Kopf, sondern eine Freude daran, wie das geht …?“

„Komm!“ Er springt auf, fasst sie an der Hand und zieht sie hoch. Er schiebt das Moped vom Ständer. „Aufsteigen!“ Er deutet auf den Platz hinter sich. Sie wirft einen unsicheren Blick hinauf zu den Fenstern der Elternwohnung, schlüpft in die Schuhe und schwingt sich entschlossen auf den Sozius.

Der Vater

Erst am dritten Tag gelingt es ihm, den Zutritt zur Amtsstube zu ersitzen. Er erhält die Auskunft, dass er gegen die Verfügung des Vormundschaftsrichters Berufung einlegen könne. Er würde dazu einen Rechtsanwalt benötigen.

Die Amtsperson beugt sich ein wenig über den Schreibtisch zu ihm und wechselt in einen verschwörerischen Ton, als würde sie ihm unter der Hand einen vertraulichen Rat geben: Er könne sich die Anwaltskosten sparen. Sie habe in all den Jahren noch nie erlebt, dass bei „sittlicher Verwahrlosung" der Richterspruch aufgehoben worden wäre. Nun beugt sich auch der Vater vor und raunt ihr in seinem romanisch gefärbten Deutsch ins nicht mehr so strenge Gesicht, was denn mit „sittlicher Verwahrlosung" gemeint sei, was sein Sohn denn überhaupt gemacht habe?

Die Amtsperson zieht sich zurück und blättert im Akt. Er sei, laut Anzeige, mit mehreren Buben im Keller gewesen. Die Buben hätten sich unsittlich verhalten.

„Was soll das heißen? Unsittlich verhalten?"

Sie hätten sich gegenseitig ihr Geschlecht gezeigt. So hätte es die anzeigende Person angegeben, die Mutter eines der Buben, die sie dabei erwischt hatte. Von Verwahrlosung, sexueller Triebhaftigkeit und der Gefährdung anderer sei auszugehen. Der Vater kann an ihrer missbilligenden Miene ablesen, was sie davon hält. Das stand so ähnlich auch in der Verfügung, die die Eltern gelesen hatten.

„Das ist alles? Verwahrlost soll er sein?" Der Vater rutscht an die Stuhlkante und richtet sich auf. „Wer sagt so etwas?

Das ist eine Lüge! Und wieso wird dann genau unser Bub abgeholt und die anderen nicht? Weil wir Südtiroler sind, Staatenlose, und wir eh froh sein müssen, dass wir hierbleiben dürfen?"

Sie klärt ihn auf, dass es ein Vormundschaftsrichter sei, der so etwas sage und wohl das Recht auf seiner Seite habe und auf jeden Fall besser Bescheid wisse als jemand, der noch nicht einmal schönes Deutsch sprechen könne. Die Verachtung in ihrem Gesicht macht ihm deutlich, er hat nichts mehr zu verlieren, und plötzlich hört er sich sagen:

„Und das ist Grund genug, einen zehnjährigen Buben aus der Familie zu reißen? Nach welchem Gesetz spricht der Richter Recht? Nach dem vom Dritten Reich? Nach dem austrofaschistischen, nach den k. u. k. Gesetzen? Wer bestimmt eigentlich, was Recht und Unrecht ist? Sie vielleicht? Oder haben die Franzosen das Sagen? Wenn ja, was mache ich dann hier? Dann geh' ich jetzt zu den Franzosen. Die haben uns schon einmal aus der Scheiße geholt! Jetzt kann man das ja sagen, ohne dass man gleich an die Wand gestellt wird. Denen trau' ich mehr als euch alten Nazis! Ihr steckt jetzt einfach weiter Leute ins Lager. Immer wieder gibt es jemand, den ihr verschickt, abschiebt. Ihr ändert euch nie! Wieder müsst ihr den Volkskörper reinigen, oder wie nennt ihr das diesmal? Dass es immer irgendeine Gruppe von Menschen gibt, die ihr bekämpfen müsst! Das sind eure Lösungen? Abschieben? Immer noch? Ihr behandelt Kinder wie Straftäter! Und wie es dem Buben jetzt geht, das interessiert euch ohnedies nicht! Ihr glaubt doch, mit den kleinen Leuten könnt ihr alles machen, die haben eh kein Geld für den Anwalt!" So viel geredet, regelrecht geschrien, hat er auf einem Amt noch nie, vielleicht noch nie in seinem Leben.

„Geben Sie Ruhe, sonst hole ich den Ordnungsdienst und lasse Sie abführen! Ein Franzosenfreund sind Sie also auch noch. Die mag ich schon, die zu den Besatzern halten und den eigenen Leuten in den Rücken fallen“, zischt sie. „Und glauben S' ja nicht, dass die Franzosen sich da einmischen werden. Sie sind nicht einmal Österreicher und Italiener auch nicht, einer von den Staatenlosen, wie Sie schon sagten. Solche gibt's eh zu viele hier. Staatsbürgerschaft habt ihr ja keine, ihr ehemaligen Südtiroler. Wenn es nach mir ginge, würde ich euch alle zurückschicken, dahin, wo ihr her seid. Aber ihr wisst sowieso nicht, wohin ihr gehört. Also, welche Rechte glauben Sie hier zu haben? Sauft weniger und kümmert euch mehr um eure Kinder, dann müssen wir das nicht übernehmen! Den Franzosen ist so ein Dahergelaufener außerdem völlig egal. Denen ist nur wichtig, dass hier alles seine Ordnung hat und nichts im Chaos versinkt. Und dafür sorgen wir. Die Franzosen brauchen uns mehr als wir sie, da können Sie sich sicher sein.“ Dann beugt sie sich noch einmal über den Schreibtisch und raunt ihm drohend zu: „Und glauben Sie ja nicht, dass bei uns die Franzosen die Mächtigen sind. Die haben nur den Krieg gewonnen, aber wir gewinnen den Alltag. Diese Zecken werden bald weg sein und wir bleiben, Sie werden sehen. Sie sollten sich mit uns gut stellen. Falls Sie jetzt meinen, Sie müssten sich an die Franzosen wenden, dann könnten wir vielleicht auf die Idee kommen, einmal zu schauen, wo der Bub sich die sittliche Verwahrlosung abgeschaut hat.“

Sie übergibt ihm eine Liste, auf der die Regeln der Unterbringung aufgeführt sind. Der Sohn könne in den

Weihnachtsferien seine Familie besuchen. In den Sommermonaten werde ihm, von der Anstalt vermittelt, ein Pflege- und Arbeitsplatz, vorzugsweise auf einem Hof, zugewiesen plus eine Woche Familienbesuch genehmigt. Die Fahrtkosten für die Familienbesuche müssten die Eltern tragen. Sei das nicht möglich, könne der Zögling während dieser Zeiten in der Anstalt verbleiben, ebenso, wenn sein Betragen einen Heimatbesuch nicht zulässt. Einmal monatlich seien Besuche durch die Eltern gestattet, sonntagnachmittags für drei Stunden. Telefonate müssten bei der Heimleitung angemeldet werden und könnten sonntags von sechzehn bis achtzehn Uhr stattfinden. Briefe, sowohl eingehende als auch ausgehende, würden von der Anstaltsleitung geöffnet und weitergeleitet, sollte der Inhalt für gut befunden werden. Monatlich würde die Familie eine Rechnung vom Heim erhalten, als Beitrag für Kost und Unterbringung. Der Sohn würde ja zu Hause auch Kosten verursachen, kommentiert die Amtsperson. „Oder isst er da nichts?"

Später wird sie im Akt notieren: Renitenter Vater. Beibehaltung der Erziehungsberechtigung für Zögling Dakosta Hans durch das Jugendamt und Aufrechterhaltung der Unterbringung in der Anstalt empfohlen.

Auf dem Heimweg kommt dem Vater der Gasthof entgegen. Er setzt sich an den untertags leeren Stammtisch und deutet der Bedienung.

Hans

Dakosta lehnt an der Wand vor dem Büro des Anstaltsleiters. Viel zu früh ist er hergekommen. Er beobachtet die Zeiger der Ganguhr. Um das Warten erträglicher zu machen, zählt er die schwarzen Bodenfliesen. Er müsste aufs Klo. Genau dann könnte es sein, dass der Anruf kommt, genau dann könnte er ihn verpassen.

Er beginnt in die weißen Quadrate der Bodenfliesen zu treten. Nur in die weißen. Er stellt sich vor, die schwarzen seien Löcher, durch die er in die Tiefe fallen würde, die weißen hingegen tragende Inseln. Nicht in die Löcher fallen!

Bevor die Tür geöffnet wird, hört er das gedämpfte Schrillen des Telefons. Jemand muss abgehoben haben, ein Murmeln ist zu hören, dann wird sein Name gerufen.

Der Anstaltsleiter drückt ihm den schwarzen Hörer in die Hand und setzt sich hinter seinen Schreibtisch. Erstmals in seinem Leben horcht er in einen Hörer hinein.

„Hans?", hört er und dann fliegt ihm die Stimme weg. Und sein Atem fliegt hinein in den Hörer, durch die Leitung bis an die Wange der Mutter am anderen Ende.

„Hans, bist du es?" Er hört die Aufregung in ihrer Stimme. „Hallo! Sag etwas! Ich bin es."

Sein Atmen schwillt an und reißt ihn in ein Schluchzen hinein.

„Wie geht es dir, Hans? Red!"

„Der Vater sucht eine Möglichkeit, dich wieder heimzuholen. Musst noch ein bisserl durchhalten. Kannst das? Noch ein bisserl durchhalten, Hans?"

Der Anstaltsleiter nimmt ihm den Hörer aus der Hand. „Wenn du nur plärrst, holen wir den Nächsten zum Telefon. Hat heute keinen Sinn mehr, Frau Dakosta. Rufen Sie ein anderes Mal wieder an."

Dakosta steht auf dem Gang auf einer schwarzen Fliese.

Hans

Der Gärtner reicht ihm einen Spaten, hievt ein Bäumchen mit dickem Wurzelballen auf eine Sackkarre und schiebt sie in den Obstanger. „Heute ist ein gutes Mondzeichen. Wir müssen den Apfelbaum hier setzen. Gravensteiner. Alte Sorte."

Dakosta trottet mit hängenden Schultern neben ihm her. Der Gärtner mustert ihn von der Seite. Seit bald zwei Wochen findet sich der Bub jeden Nachmittag bei ihm ein.

Er stellt die Sackkarre ab, lässt sich von Dakosta den Spaten geben, sticht eine Grassode aus und weist ihn an, diese zur Seite zu legen. Da der Bub weiterhin nur still neben ihm steht, hört er auf zu arbeiten. Stützt sich auf den Stiel und schaut ihn fragend an.

Dakosta studiert die Bewegungen eines Regenwurms, der sich am Rand der ausgestochenen Grassode windet. „Ich werd' keine Zeit mehr haben, herzukommen." Der Regenwurm frisst sich nach und nach in den Boden.

Der Gärtner sticht in die frei gelegte Erde.

Stockend erzählt Dakosta von seinen nächtlichen Schwierigkeiten. Zuerst habe er gedacht, es sei einmalig gewesen. Am Abend nach dem ersten Vorfall stand die Erzieherin im Speisesaal plötzlich hinter ihm. Als er sich Wasser einschenken wollte, nahm sie ihm den Krug ab und gab ihn an seinen Sitznachbarn weiter. Er dürfe am Abend nichts mehr trinken. Bettbrunzern sei das verboten. Sie sagte es so laut, dass es der gesamte Saal hören konnte.

Selbst wenn er gedurft hätte, jetzt wäre es Dakosta nicht mehr möglich gewesen zu trinken. Hans sah, wie er gelähmt auf dem Sessel hockte und sich zwischen ihn und allem rundum eine unsichtbare Wand schob.

In manchen Zöglingsmienen registrierte er Schadenfreude, in anderen Erleichterung, dass die Bloßstellung nicht sie traf, und in manchen nichts, nur Leere, als hätten sie gelernt, unsichtbar zu sein.

Hans versuchte Dakosta einen Gedanken zu schicken, dass er später im Waschraum, wenn er es beim Zähneputzen geschickt anstellte, noch ein paar Schluck Wasser ergattern könnte. Aber so eindringlich Hans dem Dakosta den Gedanken zuschob, er drang damit nicht durch die unsichtbare Wand.

Genützt hat das Durstigbleiben nichts. Bereits am folgenden Morgen ist sein Bett wieder nass gewesen.

Er müsse nun in den Freistunden die Bettwäsche waschen, erklärt er dem Gärtner. Bisher hat er sich am Morgen beeilt, das Bett in Ordnung zu bringen. Nachdem er zwei Mal verspätet zum Frühstück gekommen war, verlegte ihm der Feldwebel die Waschzeit auf den Nachmittag.

Er starrt weiter ins Gras. Der Regenwurm ist verschwunden.

„Bettbrunzer sagen sie zu mir und dass sie so Gestörte wie mich unter dem Hitler verliefert hätten. Und dann lachen sie.“ Seine Stimme ist so gedämpft, als sei sie mit dem Wurm unter dem Gras verschwunden.

„Aber ich bin eh schon verliefert worden … und das mit dem nassen Bett …, das hat doch erst hier begonnen. Haben sie mich weggebracht, weil ich ein Gestörter bin?“

Der Gärtner wirft eine Erdscholle neben das Loch, schlägt heftig auf sie ein. „Wer so etwas sagt, ist selbst der Scheißkerl!" Mit jedem Hieb stößt er eine Silbe hervor. „Die sind wie die Flie-gen-pil-ze! Die Oberen hat man abgeschlagen, aber dann vergessen, dass der größere Teil des Faschismus in den Köpfen ist, wie das Wurzelgeflecht der Pilze in der Erde. Und da wächst er weiter und treibt wieder giftige Schwammerl." Er gräbt tiefer.

Es bleibt still. Dakosta hat eine Ich-verstehe-nicht-Miene im Gesicht.

„Du weißt nicht, was das ist, Faschismus?"

Dakosta nickt und wiederholt: „Fa-schis-mus? Hat das was mit Schiss zu tun?"

Der Gärtner hält inne, versichert sich, dass Dakosta ihn nicht zum Narren hält.

„Ich mein' halt nur … Man sagt doch auch, etwas ist ‚va-schis-sen' … Meint das das Bettbrunzen?", fügt Dakosta verwirrt hinzu, „und wieso haben sie das dann in den Köpfen? Und was haben die Fliegenpilze damit zu tun?"

Der Gärtner wirkt ratlos. Sein Blick hängt in den Baumkronen, als könne er dort Erklärungen pflücken.

„Also, du weißt doch, dein Gemüsebeet …"

Dakosta nickt wieder.

„Da habe ich dir verschiedene Pflänzchen gegeben, Karotten, Salat, Kohlrabi, Kamillen, Erdäpfel. Jetzt stell dir vor, da würde einer kommen und sagen, nur Erdäpfel sind brauchbar und in Ordnung, Erdäpfel sind das beste Gemüse. Kannst dir das vorstellen?"

Dakosta schüttelt den Kopf.

„Stell dir trotzdem weiter vor, derjenige würde sagen, wenn ihr keine Erdäpfel seid, wenn ihr anders seid, seid ihr minderwertig, ihr dürft nicht im gleichen Beet wachsen. Verschiedenheit und Vielfalt ist nichts. Was anders ist als eine Kartoffel, wird hinausgeschmissen."

„Ich verstehe", wider Willen kommt Dakosta ein Grinsen aus, „wie das mit der Scheiße im Kopf gemeint ist."

Der Gärtner gräbt weiter. „Vielleicht hinkt der Vergleich mit dem Gemüse und eigentlich ist das nicht zum Lachen. Wenn du bei den Nazis nicht ihren Vorstellungen entsprochen hast und so getan hast, wie sie wollten, dann ist es gefährlich geworden, dann haben sie schnell vergessen, dass sie einen Menschen vor sich haben. Aber das mit dem nassen Bett kann ich dir nicht erklären und warum du hierhergebracht worden bist, auch nicht. Du bist jedenfalls kein Gestörter. Und wenn du mir noch mehr solcher Fragen stellst, werden wir heute nicht mehr fertig."

Sie heben das Apfelbäumchen in das Loch, befüllen es rund um den Wurzelballen mit Erde, treten es fest und gießen.

Dakosta ist schon im Gehen begriffen, da ruft ihm der Gärtner nach: „Morgen waschen wir zuerst dein Bettzeug und dann machen wir mit dem Bäumesetzen weiter!"

Die Lehrerin

Roland schleppt einen Stoß Blätter unter dem Arm und balanciert auf der anderen Hand eine Kiste mit Farbstiften. Hinter ihm her schiebt die Klassenlehrerin ihr Fülle in den Raum.

Roland stellt die Kiste auf das Pult. Er legt je ein Zeichenblatt vor jeden Schüler. Die Lehrerin hatte ihn zu ihrem Assistenten ernannt.

„Setzen! Bäume. Jeder malt heute einen Baum."

Roland nimmt die Kiste auf und setzt sich erneut in Bewegung. Jeder Schüler entnimmt die entsprechenden Stifte. Dakosta drei.

Eine Weile sind nur die Geräusche der Stifte zu hören. Nur manchmal erhebt sich einer, um den am Fensterbrett fixierten Spitzer zu verwenden. Die Lehrerin hat sich hinter dem Pult niedergelassen. Der Stuhl ächzt. Ihre Fülle verdeckt den gesamten Sessel. Man könnte meinen, sie säße in der Luft.

Bei diesem Anblick fällt es Dakosta schwer, sich auf seine Zeichnung zu konzentrieren. Er beginnt damit, das zu malen, was der Baum verdecken wird: den Hintergrund. Erst als das Blatt voll Hintergrund ist, gibt er Baumkonturen hinein und malt sie aus. Aber anders als bei der Lehrerin leuchtet der Hintergrund durch den Baum, durch Stamm und Blätterdach. Er ist zufrieden.

Vor Schluss der Stunde Benotungsrunde. Als Dakosta an der Reihe ist, der Lehrerin sein Blatt vorzulegen, stockt der gewohnte Ablauf. Sie erhebt sich, das Ächzen ist vom

Stuhl auf sie übergegangen. Sie hält Dakostas Bild in die Höhe. Vor einem roten Himmel ragt ein grauer Baum auf und seine bis in die Tiefe sichtbaren Wurzeln ziehen sich durch eine lila Erde.

„Was seht ihr hier?“ Stille.

„Welche Farbe hat ein Himmel? Huber!“

„Blau.“

„Die Erde, Stecher!“

„Braun.“

„Ein Baum? Unterkofler!“

„Braun und grün.“

„Ein Fluss? Maier!“

„Blau.“

„Die Sonne? Strasser!“

„Gelb.“

„Also Dakosta, was soll das?“ Sie hält ihm sein Bild vor die Nase.

Er murmelt: „Es ist ein Baum im Sonnenuntergang.“ Einige unterdrückte Lacher.

„Wenn du glaubst, du kannst hier machen, was du willst, und den Klassenkasperl geben, hast du dich getäuscht.“

Hans hört Dakosta flüstern: „Es gibt nicht nur Kartoffeln.“

„Was hast du gesagt? Laut!“

„Es gibt nicht nur Kartoffeln, hat der Gärtner gesagt“, wiederholt er trotzig. Hans registriert ein Zucken in ihrem Gesicht und wie aus dem rot bemalten Mund „Nicht genügend! Setzen“ herausklingt.

Hans beobachtet Dakosta beim Zurückschleichen auf seinen Platz und raunt ihm zu, ihm gefalle sein Bild. Aber diesmal scheint er ihn nicht zu hören. Die Wucht der

Lehrerin hat sich über ihn gestülpt und Hans fürchtet, Dakosta könnte darunter verschwinden.

In der nächsten Zeichenstunde erhalten sie den Auftrag: Male einen Raum, in dem du dich viel aufhältst. Diesmal trägt Roland eine Kiste mit Wachskreiden durch die Reihen.

Dakosta beginnt oben. Ganz langsam füllt sich die leere Fläche. Je mehr er aufträgt, umso mehr entspannt er sich, als würde er nach und nach einen Vorhang zuziehen.

Die Lehrerin hat sich wieder auf den Stuhl fallen lassen. Ihre Hände auf dem Bauch verschränkt, streift ihr Blick über die gesenkten Köpfe. Dakosta ist der Erste, der seine Kreide weglegt. Wider Willen ist sie auf sein Bild gespannt. Normalerweise mag sie keine Überraschungen. Überraschungen machen ihr Angst, sie nehmen ihr die Kontrolle aus der Hand und Kontrolle ist eine Überlebensfrage, besonders in dieser Schule, das hat sie gelernt. Beim Dakosta muss man auf alles gefasst sein und wider Willen ist sie neugierig.

Die Schüler treten nacheinander zu ihr ans Pult, lassen ihr Bild begutachten und holen sich die Benotung ab. Küche, dreimal Speisesaal, sehr gut. Fußballplatz, nicht genügend, weil kein Raum. Kirche, sehr gut, Klo, befriedigend, ist zwar ein Raum, aber geschmacklos, müssen lernen, dass nicht alles herzeigbar ist, und dann … schwarz. Dakosta ist ans Pult getreten. Vor ihr liegt sein rechteckiges Blatt, von oben bis unten mit dickem Schwarz bemalt.

„Was soll das sein?“ Sie schwankt zwischen Zorn und Neugier. Je länger sie auf das Schwarz vor ihr starrt, umso mehr gewinnt der Zorn die Oberhand. „Das ist nichts.“

„Doch“, sagt Dakosta in ihr Gesicht hinein. Die sitzende Lehrerin auf Augenhöhe mit dem stehenden Schüler.

„Was doch?“, donnert es aus dem roten Mund. Mucksmäuschenstill ist es inzwischen geworden.

„Das ist der Schlafsaal. Da bin ich am längsten und da ist es immer Nacht.“

Der rote Mund ist mehr so ein Strich. Die Lehrerin kramt aus der Kreidenkiste ein Stück Kratzmetall, drückt es ihm in die Hand und deutet ihm, er solle sich setzen.

„Du wirst heute nach dem Mittagessen kommen und nachsitzen. Du wirst die Farbe abkratzen und einen Raum malen und dann legst du dein Bild in die Schublade hier im Pult, dann kannst du gehen. Ich werde es holen und benoten.“

So ist es dann geschehen. Das Verpassen der Gärtnerzeit an diesem Tag ist bitter für Dakosta.

Die Lehrerin holt am Abend sein Bild aus der Schublade und legt es vor sich aufs Pult. Nur am rechten unteren Rand ist das Schwarz weggekratzt worden. Auf die gräuliche, kleine Fläche ist ein Nachttopf gemalt, in den aus dem großen Schwarz Tropfen fallen. Sie setzt sich. Sie stützt die Ellbogen auf das Pult und legt den Kopf in die Hände. Dann entdeckt sie auf der Rückseite eine Aufschrift: *Was mann nicht siht, is doch da.*

Entschlossen springt sie auf, nimmt das Blatt, zerreißt es in kleine Teile und lässt sie wie schwarze Tropfen in den Papierkorb rieseln.

Hans

Er kann nicht genau sagen, was ihn geweckt hat. Er liegt zusammengerollt auf der rechten Seite, die Decke über den Kopf gezogen. Nur durch eine kleine Öffnung sieht er schemenhafte Umrisse.

Mehr ahnt er, als er es sieht, wie sich ein Schatten langsam durch den Raum bewegt. Der Schatten gleitet von Fußende zu Fußende. An manchen Betten verharrt er.

Bei Rolands Bett gleitet der Schatten in den Spalt zwischen den Betten. Er dreht den Kopf prüfend in alle Richtungen wie ein Dieb und horcht in die Stille hinein. Der Schatten neigt sich über den Buben. Eine Hand schiebt sich langsam unter die Decke und entlang jeder darunter befindlichen Körperwölbung Rolands, gleitet über seine Brust, seinen Bauch. An einer Stelle verharrt sie länger und gleitet dann weiter über die Beine. Der Schatten richtet sich auf, zieht die Decke über Roland glatt und setzt die lautlose Wanderung fort. Roland liegt starr wie die Fortsetzung seines eisernen Bettgestells. Dakosta erkennt nicht, ob er wach ist oder schläft.

Er hält die Luft an. Erst als der Schatten an ihm vorüberzieht, lässt er den Atem entweichen.

Nach einer Weile hört er die Erzieherin leise die Schlafsaaltür hinter sich schließen.

Hans

„Grüß Gott, Dadda." Die Hand, die den Hörer hält, zittert so heftig, dass er sie mit der anderen festhalten muss. „Wann kommst du mich holen?"

Der Vater räuspert sich. „Wie geht es dir, Hans? Hast du schon Freunde?"

„Hm."

„Wie ist das Essen? Bekommst du genug?"

„Mhm."

„Lernst du fleißig? Das wär' schon gut, damit einmal etwas wird aus dir. Hörst du?!"

„Mhm."

„Du sagst ja gar nichts!"

„Ja, ich lerne viel." Der Hörer wird dem Dakosta immer schwerer.

„Wir kommen dich bald einmal besuchen."

Die Leitung ist voller Stille.

„Dann servus, Hans! Schau auf dich! Bis zum nächsten Mal."

Der Pfarrer

Während des Gebets zu Beginn der Religionsstunde steht der Pfarrer still, ebenso wenn er einem Schüler unerwartet eine Frage hinwirft, verharrt nur, bis er die Antwort erhalten hat, sonst wandert er, schreitet in seiner langen, schwarzen Soutane vor den ersten Bankreihen auf und ab und redet, den Rohrstock wie einen Dirigentenstab ständig in Bewegung.

Trotz der quälenden Langeweile, die die Religionsstunde unendlich in die Länge zieht, ist gedankliches Abwandern nicht zu empfehlen. Die Fragen können einen ganz plötzlich treffen.

Rasser flüstert dem Dakosta zu: „Der Friedrich könnt' sein Bub sein", und grinst. Lang und dürr ist der Pfarrer und die Farbe der Haare ... Dakosta schielt zu Friedrich, der fängt seinen Blick auf und zeigt ihm unter dem Tisch den Mittelfinger.

Genau in dem Moment: „Stecher, wie viele Totsünden gibt es?"

Friedrich schießt auf, steht lang und dürr und ratlos. Der Pfarrer klopft mit dem Rohrstock einen nervösen Rhythmus auf den Tisch vor ihm.

„Drei."

Der Pfarrer zieht die Augenbrauen hoch, der Rhythmus wird noch nervöser. „Drei. Mhm. Welche?"

Friedrich hört den Unterton im „Mhm" nicht. Er gehört nicht zu den besten Schülern und jetzt kann man zuschauen, wie ihm im Kopf auch noch das Restwissen durcheinanderkommt. „Glaube, Hoffnung, Liebe." Manchmal ist schweigen schlimmer, als irgendetwas zu sagen, denkt er, oder vielleicht doch umgekehrt? Man weiß nicht genau, was richtig ist in so einer Lage.

Der Rhythmus ist jetzt ein Stakkato und hebt ab von der Tischplatte und sucht sich einen neuen Ort auf den Schultern Friedrichs, einmal rechts, dann links und zurück, immer wieder. „Und am Sonntag ist die Messe um neun Uhr. Abwesenheit eine Todsünde!" Der Rohrstock fliegt in einem Bogen um seinen Kopf, rechts, links, rechts, links, bis er sich von der Wucht der Hiebe am Ende in Streifen auflöst wie ein Palmwedel.

Der Pfarrer marschiert zum Fenster, reißt es auf und pfeffert den Stock hinaus auf die Wiese. Friedrich steht sehr weiß. Keiner hat diesmal Schadenfreude im Gesicht und auch sonst nirgendwo.

Die Jähzorn-Ausbrüche des Pfarrers sind berüchtigt. Jeder in der Klasse weiß, warum es heute den Friedrich getroffen hat. Am Sonntag fehlte er in der Messe. Er hatte beim Frühstück die Teekanne zerbrochen, musste die Scherben beseitigen und zur Strafe den Boden des Speisesaals wischen.

Als der Dakosta dem Pfarrer beim Friedrich-Bestrafen zusieht, denkt er an das, was ihm der Gärtner erzählt hat, von den Nazis, bei denen es gefährlich geworden sei, wenn einer nicht entsprach. Ein Gedanke muss dem Dakosta wohl etwas zu laut geraten sein.

Der Pfarrer, noch mit Restzorn aufgeladen, der, weil der Stock aufgegeben hat, noch nicht an sein Ende gekommen ist, fliegt wie eine schwarze Krähe den Dakosta-Platz an, heißt ihn aufstehen und laut wiederholen, was er dem Banknachbarn zugeflüstert hat. Hans sieht den Dakosta kleiner werden.

Vielleicht hätte es der Pfarrer auf sich beruhen lassen, aber als er ihn „wie beim Hitler“ murmeln hörte, dachte er, er habe sich verhört. Und jetzt hat ihn der Ehrgeiz gepackt. Jetzt muss er wissen, was da in dem Schülerkopf vorgeht.

Vor ein paar Jahren hätte es ihn noch nicht so gestört, wenn einer ihn mit dem Hitler verglichen hätte. Da begrüßte er, dass einer gekommen war, um für Ordnung zu sorgen im polarisierten, zerrissenen Land, und er hatte sich viel von diesem Herrn erwartet. Aber damit, dass sie ihm dann den Schmidt als Spitzel in den Gottesdienst gesetzt haben, eines der ersten Parteimitglieder im Dorf, der früher keinen Fuß in die Kirche hineingebracht hatte, und dass sie dann auch noch die Glocken geholt haben, zum Einschmelzen, da sind dann auch seine Sympathien weggeschmolzen. Und nun ist er sehr hellhörig, wenn sich auch nur dezent ein Infragestellen seiner Autorität anschleicht. Da bekommt er beim Dakosta auch gleich wieder so ein Spitzelgefühl.

Aber der Dakosta lässt ihn nicht in seinen Kopf hinein. Der Pfarrer weiß nicht, dass der einen Schutzengel namens Hans besitzt, der dem Dakosta zuraunt, jetzt lieber den Mund zu halten. Schutzengel und Pfarrer stehen eben nicht immer auf der gleichen Seite.

„Wie beim Hitler also.“ Der Pfarrer weiß nicht recht, was er mit den rohrstocklosen Händen tun soll, und so verschränkt er sie auf dem Rücken und beugt sich ein wenig über den Schüler. „Woher willst du denn wissen, wie es beim Hitler war? Den hast du ja nicht mehr miterlebt. Also?“

„Also … erlebt nicht.“ Dakosta stottert herum.

„Also, was?“

„Also … man bekommt es halt so erzählt."

„Erzählt? Vom Hitler? Von wem?"

Der Pfarrer gräbt sich wie ein Fragenwurm in seinen Kopf, sodass der Dakosta schon gar nicht mehr weiß, wie er dem ausweichen soll. Und dann sagt er ihm, der Gärtner würde ihm vieles erklären, und denkt, es könne doch in einer Schule keiner etwas daran schlimm finden, etwas erklärt zu bekommen, im Gegenteil.

Der Pfarrer richtet sich wieder auf und ist seltsam ruhig. Hans lobt den Dakosta für seine diplomatische Antwort.

Bis zum Läuten der Pausenglocke redet der Pfarrer über die sieben Totsünden und das Fegefeuer. Er schaut den Dakosta dabei so an, dass der immer mehr meint, er würde schon drinnen sitzen im Feuer.

Hans

Der Gärtner schöpft Brennnesseljauche in ein Spritzgefäß. „Die Rosen haben Läuse."

Dakosta bleibt etwas abseits stehen. Der Gestank aus der Tonne raubt ihm die Luft. „Der Stecher ist ein Arschloch."

Der Gärtner reicht ihm den Deckel der Tonne und weist ihn an, sie zu verschließen. Er schleppt den Spritzkübel in den Rosengarten und beginnt mit dem Besprühen der Stöcke.

„Hast du gehört? Der Friedrich ist ein Arschloch!"

Der Gärtner sprüht weiter und deutet auf das Unkraut rund um die Rosenstöcke. Dakosta beginnt mit dem Auszupfen.

„Er war das mit dem Scheißhaufen in meinem Beet."

„Hat er es heute wieder gemacht?" Der Gärtner geht weiter zum nächsten Stock.

Was Dakosta nicht weiß, der Gärtner hat Friedrich am Morgen ertappt, wie er dabei war, sich ins Siebenundzwanzig-Beet zu hocken. Friedrich ist gar nicht mehr dazu gekommen, etwas zu hinterlassen, und auch nicht, seine Hose hinaufzuziehen. Halb hing sie ihm noch in den Knien, als er aufsprang. Er verhaspelte sich, stürzte, rappelte sich hoch und rannte davon. Der Gärtner lachte ihm hinterher und schwang drohend den Rechen.

„Der wird dein Beet ab jetzt in Ruhe lassen."

„Dann fällt ihm etwas anderes ein. Von Anfang an sekkiert der mich. Ich weiß nicht, warum. Ich hasse ihn!"

„Dem geht's gleich wie dir."

„Nie! Wieso hilfst du zu ihm! Er ist hier das Arschloch!"

„Hans, stell dir einmal vor, da ist einer, zum Beispiel ein Kleiner, der wird schlecht behandelt, richtig schikaniert. Und weil er klein ist, kann er daran nichts ändern. Hilflos ist er. Wie geht es dem? Was meinst du?"

„Wie soll's dem schon gehen? Wie mir halt."

„Hm. Also, wie?"

„Schlecht halt … und der traut sich nichts mehr", flüstert er gereizt.

Der Gärtner schaut ihn eine Weile an. „Oder er stellt sich vielleicht vor, wenn er der Stärkere wäre, dann könnte das niemand mehr mit ihm machen. Und dann versucht er immer der Stärkere zu sein und sich an die wirklich Starken, die Erzieher, anzupassen."

„Das stimmt ja auch. Es ist voll scheiße, wenn man ein Schwächling ist."

„Also verstehst du den Friedrich ja eh."

Dakosta tänzelt nervös herum. „Aber ich hab' ihm nichts getan! Also, wieso traktiert er mich?"

„Weil er vor dir keine Angst haben muss vielleicht? Weniger zumindest als vor den Erziehern?"

„Da täuscht er sich. Wenn ich die Macht hätte, würde ich alle verprügeln und hinausschmeißen, die mir etwas getan haben. Als Erstes den Scheiß-Feldwebel, die Erzieherin und dann den Friedrich und den General und einige Lehrer, die Gendarmen, die mich hergebracht haben, sowieso. Ich würde den Hund erschießen und …"

„Du hast einen gewaltigen Hass."

„Ja, hab' ich!" Jetzt brüllt er. „Die verdienen es. Die gehören alle weg."

Er fängt den scharfen Blick des Gärtners auf. „Und das haben die anderen neulich auch über dich gesagt. Einfach weg mit denen, die uns nicht passen. Das Rad dreht sich immer weiter. Pass auf, Hans!"

Dakosta tänzelt noch unruhiger. „Was willst du? Ich muss mich doch wehren! Das schaffst du auch nicht, keinen Hass zu kriegen, wenn dich einer traktiert. Bei denen wär' eine Strafe nur gerecht. Aber ich kann nichts dafür, dass ich ins Bett mache. Ich habe es versucht, ich kann es nicht ändern."

Der Gärtner murmelt vor sich hin: „Du hast schon recht. Man darf sie nicht tun lassen, was sie wollen, und solchen nicht die Macht überlassen. Manchmal weiß man halt nicht genau, wer der eigentliche Täter ist, den man zur Rechenschaft ziehen könnte."

„Beim Friedrich weiß ich das genau!"

Der Gärtner stellt den Spritzkübel ab, setzt sich ins Gras. Dakosta bleibt trotzig neben ihm stehen.

Plötzlich fängt der Gärtner an zu erzählen, ganz leise, sodass Dakosta Mühe hat, alles zu verstehen, von einem Fliegerangriff auf die Stadt, aus der er kommt. Nachdem die amerikanischen Bomber fort waren, gruben sie seine Frau und seinen Buben aus dem Schutt des eingestürzten Hauses. Seither frage er sich, wer die Schuld an ihrem Tod trägt. Der Pilot des Fliegers, der die Bomben abwarf, dessen Befehlshaber, oder die Nazis, die das Land aus reiner Machtgier und expansionsgetriebenem Größenwahn in den Krieg getrieben hatten, ohne die es den Piloten in seinem Flieger über dem Haus gar nicht gegeben hätte. Jeden Tag kehren seine Gedanken zu dieser Frage zurück, als wären sie im Schuttbeseitigen hängen geblieben, kehren zurück, obwohl er weiß, oder weil er weiß, dass es nie jemanden geben würde, der sich für diese Tode verantworten wird müssen, dass sie als „Kollateralschäden" eines Krieges ungesühnt bleiben würden.

Dakosta beobachtet, wie Ameisen ihre Beute durchs Gras schleppen. Er bemerkt nicht, dass dem Gärtner die Augen nass geworden sind.

„Aber manchmal weiß man genau, wer die Scheißkerle sind, und dennoch tut niemand etwas!"

Der Gärtner steht auf und legt ihm die Hand auf den Kopf, auf dem sich der erste Flaum nachwachsender Haare zeigt. „Der Hass ist trotzdem wie die Schnecken für den Salat."

Dakosta schlägt die Hand des Gärtners vom Kopf und brüllt: „Das ist Scheiße. Du verstehst mich nicht. Du hilfst mir auch nicht. Ich hab' noch immer keine Ahnung, warum ich hier bin, was ich verbrochen habe. Und die Eltern holen mich auch nicht heraus! Jetzt wollen sie mich besuchen kommen. Besuchen heißt nicht abholen! Ich will ihren Besuch nicht! Dann fahren sie am Ende wieder ohne mich zurück!"

Er rennt los, rennt durch den Obstanger, schlägt im Vorbeistürmen seine Faust gegen einen Stamm, rennt im Zickzack, weiter entlang der Mauer, wendet, als er am Ende des Internatsgeländes wieder auf eine Mauer trifft. Schwer atmend kommt er zurück und lässt sich auf die Hausbank des Gärtnerhäuschens fallen.

Der Gärtner holt Schnaps und ein Tuch. Er lässt sich neben Dakosta nieder und desinfiziert die Wunden, die sich der Bub an den Baumrinden geschürft hat. Dann holt er eine halb gerauchte Zigarette aus der silbrigen Dose und zündet sie sich an.

„Meinst du, die Eltern haben gewusst, dass mich die Gendarmen von der Schule abholen?"

Der Gärtner beruhigt ihn. Sie hätten ihn sicher beschützt, etwas unternommen dagegen. Und für sich denkt er, was er hier schon alles erlebt hat und wie viele auf Veranlassung ihrer Eltern oder eben lediger oder arbeitender Mütter hier sind.

„Versuch, alles so gut wie möglich zu machen, die Schule und alles, das bringt auch dir etwas. Dann gibst du ihnen außerdem keinen Anlass, dich zu strafen. Und irgendwann geht alles vorbei."

„Du weißt, wie es hier zugeht, und hilfst mir auch nicht."

Die Bitterkeit in Dakostas Blick ist ihm nicht entgangen.

„Und das mit dem Anstrengen ... Beim ersten Chortreffen haben sie mich vorher schon abgepasst und verprügelt. Ich solle ja nicht glauben, ich könne jetzt auf Vorsänger machen. Egal, was ich tue, irgendjemand passt es nicht."

Er geht, speckt Kiesel vom Weg ins Gras.

„Gehst du wieder zum Chorsingen?"

Dakosta zuckt mit den Schultern.

„Geh hin. Denk dir jemand aus, für den du singst."

Am nächsten Tag steht Dakosta, die Hände in den Hosentaschen, unter dem Vordach des kleinen Häuschens. Er bringt heute keine Bettwäsche mit, und der Gärtner nimmt an, dass es heute Nacht anders gelaufen sein muss. Dakosta meint, kurz Freude in seinen Augen aufblitzen gesehen zu haben, und ist froh, dass er ihn nicht nach der Wäsche fragt.

Der Gärtner gibt ihm zwei Heckenscheren und lederne Arbeitshandschuhe. Er geht voraus zur Mauer ans Ende des Internatsgeländes.

Sie schneiden und reißen Efeuranken aus, die das Mauerwerk zu überwuchern drohen. An manchen Stellen zerren sie gemeinsam, schwitzen, bekommen die verkrallten Wurzeln schwer los. Manchmal müssen sie sie lassen, um nicht einen Teil der Mauer mit herauszubrechen.

Plötzlich greift Dakosta in eine Efeuverzweigung, hält sich daran fest, zerrt, springt mit beiden Beinen mit voller Wucht an den Fuß der Mauer. Er stemmt sich mit aller Kraft dagegen, immer wieder, stößt sich ab, springt an die Mauer, mit beiden Armen, mit dem gesamten Körpergewicht stürzt er sich in das Herausreißen des Efeus. In rasender Wiederholung. Die Hände blutig. Egal! Die Verzweigung löst sich ein wenig, kleinere Steinchen bröckeln zu Boden. Er keucht. „Ich mach' sie nieder!" Der Schweiß rinnt ihm über das gerötete Gesicht. Efeu und Mauer jedoch geben nicht nach.

Der Gärtner fasst ihn von hinten um die Taille und hält ihn fest. Dakosta windet sich, „Lass mich!", brüllt er immer wieder und wird mit jedem Mal leiser. Letztlich lässt er den Efeu los. Er hängt wie eine Gliederpuppe in den Armen des Gärtners. Sein Schweiß mischt sich mit Tränen. Der ganze kleine Körper wird von den Armen des Gärtners gehalten und das Schluchzen läuft an ihnen aus wie Wellen am Ufer.

Er setzt ihn langsam ab und lässt sich neben ihm nieder. Sie lehnen an der Efeumauer. Bienen summen. Der Gärtner zieht ein Taschentuch hervor und wischt über Dakostas Gesicht. Er holt ein Leinenbeutelchen aus dem Hosensack und hält es dem Buben hin. Dakosta leert eine kleine Kupfermünze auf seine Hand. Auf jeder Seite ist ein Glücksklee eingeprägt.

„Die hat einmal meinem Buben gehört. Pass gut auf sie auf."

Der Gärtner

Der Sonntag ist dem Gärtner heilig. Er schläft lange, gönnt sich echten Kaffee zur Lektüre eines Buches, erkundet die Umgebung des Dorfes oder fährt manchmal in die nächste Stadt, um einen Freund zu besuchen.

Gestern hat ihm der Dakosta gesagt: „Morgen musst du in die Messe kommen." So eindringlich klang er, dass sich der Gärtner dazu durchringt, doch einmal in die Kirche zu gehen.

Er ist früh aufgestanden, hat seinen Anzug aus dem Kasten herausgekramt, sich sogar ein wenig den Bart gestutzt und jetzt sitzt er hier, in einer Bank auf der Männerseite, inmitten des Kirchenschiffs.

Wohl fühlt er sich nicht in dieser Dorfsichtbarkeit. Trotz des guten Gewands fühlt er sich nackt, seinen Hut muss er hier abnehmen. Lieber ist ihm seine, den Blicken entzogene, Gartenwelt.

Der Pfarrer intoniert „Kyrie eleison". Die Kirchengemeinde wiederholt „Kyrie eleison". Die Worte sind eingebrannt seit der Kindheit und sind plötzlich da, sobald er in einem Gottesdienst ist. Für sich allein fallen sie ihm nie ein, da kann er noch so nachdenken. Einfach weg! Und kaum hier, unter all den anderen, sind sie wieder da, die griechischen und lateinischen Wörter, als gäbe es ein kollektives Gedächtnis.

In den vorderen Reihen, nach den Dorfwichtigen, sitzen die Zöglinge in ihren gleichen Hosen und Jacken. Nur einige von ihnen stehen auf der Empore. Er hat den Dakosta da oben bemerkt. Hinter dem Rücken des Chorleiters hat er herausgeschaut.

Jedes Mal, wenn der Chor zu singen beginnt, horcht er intensiv, ob er Dakostas Stimme hört. Für diesen Buben ist er gekommen.

Dann setzt die Orgel zum Mozart-Halleluja ein. Die Orgel spielt die gesamte Melodie einmal durch, und dann der Gesang. Nur eine Stimme erklingt und der Gärtner weiß, zu wem sie gehört. Leicht wird ihm. Der gesamte Chor greift die Melodie auf und der Gesang geht in den Kanon über.

Nach dem Segen schiebt sich der Gärtner aus der Bank und wendet sich zum Gehen. Kurz bleibt er stehen, fängt den forschenden Blick Dakostas auf. Er nickt ihm auf die Empore hinauf zu und weiß jetzt, für wen der Bub wieder zum Chor gegangen ist, für wen er heute gesungen hat.

Hans

Die Anspannung beim Betreten des Schlafsaals hält an, obwohl sein Bett seit einigen Nächten trocken geblieben ist. Er ist auf der Hut, auch noch im Schlaf.

Hinter einem Paravent verborgen, befindet sich ein Nachttopf, gleich neben der Tür. Die Zöglinge erledigen darin in der Nacht ihre Notdurft, da der Schlafsaal und damit der Zugang zur Toilette versperrt ist. Trotz Deckel dringt der Gestank hinter dem Paravent bis zu den ersten Betten. Die Geräusche sind hier ebenfalls gut zu hören.

„Straflager" werden diese Betten von den Zöglingen genannt. Eines davon ist das von Friedrich. Wenn einer beim Topfgang zu laut in das metallene Gefäß uriniert und Friedrich dadurch wach wird, muss derjenige am Morgen eine Abreibung fürchten.

Diesmal ist es jedoch Dakosta, der erwacht. Etwas Metallenes wird vorsichtig verschoben, das Tappen von nackten Füßen über Steinfliesen, Stoffrascheln. Geräusche, die wie ein leichter Luftzug an den Ohren vorbeistreichen.

Dennoch genügen sie, um ihn schlagartig hellwach sein zu lassen. Er spürt das langsame Anheben seiner Decke, hört ein Rinnen, es wird feucht und er weiß, er ist nicht der Verursacher.

Er wirft die Decke zur Seite und springt aus dem Bett, packt die Gestalt, die sich an der Seite zu schaffen macht. Etwas schlägt mit Geschepper auf den Steinboden. Aus allen Betten schießen die Zöglinge in die Höhe. Das Licht flammt auf. Geschrei aus verschiedenen Richtungen.

Dakosta registriert Friedrich vor sich, den Nachttopf umgekehrt auf dem Boden in einer Lacke, den riesigen nassen Fleck auf seiner Matratze.

Noch ehe er das Geschehene erfassen kann, wird die Tür aufgerissen. Der Feldwebel, trotz Nachtdienst deutlich besoffen, stürmt herein. Er stellt sich zwischen Dakosta und Friedrich.

Dakosta beobachtet Friedrich beim Devotwerden. „Ich wollte dem Dakosta nur helfen, nicht wieder ins Bett zu machen. Wollt' ihn wecken und ihm den Topf bringen. Aber es war schon wieder zu spät, wie man sieht. Und dann springt der mich wie ein Irrer an … und jetzt hier, diese Sauerei."

Dakosta bleibt keine Zeit für Fassungslosigkeit und schon gar nicht für Widerspruch. Die Wucht eines Schlages trifft ihn. Er fällt quer über die nasse Matratze. Der Ausdruck in den rotgeäderten Augen des Feldwebels haftet an ihm wie der Uringestank.

„Aufwischen!", wälzt der Erzieher über die alkoholschwere Zunge heraus. Hans raunt dem Dakosta zu: „Wehr dich endlich! Sag, dass du es nicht warst." Er sieht die Wörter in seiner Kehle aufmarschieren und wie sie sich wie in einem zugeschnürten Sack stauen.

Dakosta holt einen Wischfetzen aus der Putzkammer, beseitigt die Lacke, stellt den Topf an seinen Platz hinter dem Paravent.

Friedrich hat sich wieder in sein Bett verzogen und beobachtet ihn. Das Wischen ist Dakosta egal. Die Blicke der anderen sind ihm mittlerweile egal. Nur aus dem Friedrich-Gesicht würde er am liebsten die Schadenfreude herausprügeln.

Der Feldwebel bleibt an der Tür postiert, bis Dakosta fertig ist. Dann stößt er ihn vor sich her in eine der Ecken des Schlafsaals, in der er so lange stehen bleiben muss, bis er ihm erlauben würde, sich wieder hinzulegen. Der Feldwebel löscht das Licht, wankt zur Tür hinaus und dreht den Schlüssel im Schloss.

Dakosta gerät in einen Zustand, den er noch öfter erleben wird: Die Zeit ist während solcher Strafaktionen anders. Einerseits ist es, als wäre sie nicht mehr vorhanden, irgendwie angehalten, als würde alles erstarren, sich nichts weiterbewegen, als wäre alles nur auf das Ende der Strafe konzentriert. Und zugleich wird die Zeit sehr vorhanden und wälzt sich träge dahin.

Dakosta beginnt die Betten zu zählen, die sich in der Dunkelheit schwarz abzeichnen. Er beobachtet den Himmel durch die drei großen Fenster und verbindet die Sterne mit Linien zu zusammenhängenden Formen. Seine Fußsohlen und die nasse Stelle seines Nachthemds sind kalt. Um seine Füße zu erwärmen, stellt er einen abwechselnd auf den Rist des anderen. Er hört die Atemzüge der Zöglinge, hört manches Murmeln im Schlaf und manchen Aufschrei, der aus der Tiefe eines Traumabgrunds zu steigen scheint. Vor Müdigkeit fallen ihm die Lider zu. Sein Kopf sinkt wiederholt auf seine Brust und er schreckt hoch, bevor er umzufallen droht. Die Kälte der Steinfliesen steigt ihm in die Beine.

Hans sieht ihn stehen, von leicht oberhalb, und ihm scheint, als könnten weder er noch die vielen Schläfer im Raum die Einsamkeit Dakostas vertreiben.

Die ersten Vögel sind bereits zu hören, als sich die Tür endlich wieder öffnet und der Feldwebel Dakosta wortlos zurück ins Bett weist. Er schlüpft unter die Decke, legt sich ganz an den Rand, um die nassen Stellen auf der Matratze nicht zu berühren.

Rolands Augen glänzen leicht im fahlen Licht, das durch die vorhanglosen Fenster hereinfällt. „Psst, Dakosta! Warst du das mit der Pisse oder war's der Stecher?"

„Der Stecher war's. Ich schwör's dir", der Blick zwischen den beiden Buben ist wie ein Bündnisschwur, „jetzt lasse ich mir etwas einfallen."

Dazu kommt der Dakosta dann gar nicht mehr. Sie stehen alle in gleichen Leibchen und kurzen Hosen barfuß in der Wiese. Der Turnunterricht findet meist auf den gemähten Wiesen oder dem Fußballplatz statt. Zum Aufwärmen laufen sie entlang der Linie um das Fußballfeld. Dann in einer Reihe aufgestellt. Übungen zur körperlichen Ertüchtigung: Hampelmann, Kniebeugen. Auf körperliche Ertüchtigung legen sie Wert hier. Wenn schon die charakterliche und verstandesmäßige Einsetzbarkeit der Zöglinge in der Zukunft nur begrenzt erscheint, für die körperliche Arbeit braucht es auch welche. Liegestütze. Wer die vorgegebene Anzahl nicht schafft, bekommt noch ein paar aufgebrummt. Nicht-Schaffen gibt es nicht.

Das mit dem Fußballspielen ist nicht so Dakostas Sache. Das haben sie hier schnell herausgefunden. „Stecher und Unterkofler." Der Lehrer ernennt Friedrich und Kurt zu Mannschaftskapitänen. Sie wählen abwechselnd ihre Teams. Dakosta hasst diese Teamwahlen. Er gehört immer zu den Letzten, die genommen werden.

Zum Schluss sind Dakosta und Roland übrig. „Roland, du kommst zu mir!" Friedrich grinst Dakosta ins Gesicht und raunt Roland zu: „Lieber einen Frauenliebling als einen Bettbrunzer."

Dakosta spürt, wie ihm der Hass durch die Beine heraufsteigt. Kurt stellt Dakosta in die Verteidigung. Der Lehrer pfeift das Spiel an.

Erst am Morgen hat es aufgehört zu regnen. Nach kurzer Zeit schauen alle aus, als hätten sie sich im Schlamm gewälzt. Dakosta bekommt den Ball gut auf den rechten Fuß, und mehr zufällig als gewollt schießt er über die Seitenlinie hinaus und beendet den Angriff der Friedrich-Mannschaft. Jubel seiner Leute.

Einwurf. Konrad nimmt ihn an. Pass zu Friedrich. Dakosta rennt mit ihm mit. Rennen kann er, obwohl er heute sehr müde ist. Roland ist günstig vor dem Tor postiert. Friedrich schießt einen Pass zu ihm. Überrascht von der plötzlichen Chance, tritt Roland zu schnell an und rutscht auf dem feuchten Boden weg. Franz holt sich den Ball, Schuss zu Kurt, Schuss, Tor. Durch den Jubel hindurch hört Dakosta, wie Friedrich Roland mit vor Wut sich überschlagender Stimme anbrüllt: „Du bist halt nur als Streichelhündchen für die Erzieherin zu gebrauchen!"

Und dann weiß Dakosta nicht mehr, wie es dazu gekommen ist. Sein Hass wächst zur Sturmflut an, tritt über die Ufer. Er nimmt Anlauf, springt, landet mit beiden Beinen auf der Friedrich-Hüfte. Der wird nach hinten geschleudert. Dakosta ist über ihm. Doch der Überraschungseffekt währt nur kurz. Sie wälzen sich im Dreck. Friedrich hat ihn im Klammergriff und raunt ihm ins Ohr: „Italiener-Huren haben nur schwache Söhne." Dakosta bekommt einen Arm frei und rammt die Faust ins Friedrich-Gesicht, wieder und wieder. Blut sickert ihm aus der Nase und eine Lippe platzt auf. Dakosta erschrickt. Noch bevor der Lehrer sie trennen kann, lässt Dakosta vom benommen am Boden liegenden Friedrich ab.

Der Erzieher

Heute braucht er ihn stark. Der Feldwebel brüht Kaffee auf. Sein Nachtdienst ist unruhig gewesen und es ist nicht besser weitergegangen.

Die Zöglinge sitzen im Studiersaal über ihren Hausaufgaben. Der jüngere Kollege und die Erzieherin betreten das Dienstzimmer und lassen sich am Tisch nieder.

„Wirst mit dem Dakosta nicht fertig?"

Der Feldwebel dreht sich nicht um. Er weiß auch so, dass er gemeint ist. Ihm ist nicht nach Diskutieren. Er hat Kopfschmerzen. Das Letzte, was er jetzt braucht, sind Kollegen, die sich bei ihm einmischen.

Jede Undiszipliniertheit, jede Dummheit versetzt ihn in abgrundtiefen Hass. Er hasst die Zöglinge, für ihre Verfehlungen, mit denen sie einen Grund liefern, dass er etwas tun muss, wofür er sich selber hasst. Er wäre ein umgänglicher Mensch, wenn sie sich benehmen würden.

Nur etwas ist noch schlimmer: diejenigen, bei denen seine Maßnahmen nicht helfen, wie dieser Dakosta. Er hat es von Beginn an gewusst. Wenn einer nicht tut, was ihm gesagt wird, wenn einer immer ausscheren muss, das lässt in ihm ein fürchterliches Ohnmachtsgefühl aufsteigen. Dann fühlt er sich, als würde er wieder zurückfallen in das Ausgeliefertsein im Lager und in der Wehrmacht. Und ihm ist, als würden sich die Verhältnisse umkehren, sich wieder jemand erlauben, Macht über ihn auszuüben, ihn zu demütigen, ihn auszulöschen. Da weiß er dann nur eines: Das lässt er nie mehr zu. Die Ohnmacht muss die Seite wechseln.

Ein Fluch scheint über seinem Leben zu liegen. Er kam immer wieder in die Situation, schreckliche Dinge tun zu müssen. Immer wieder muss er sich sagen, dass er nicht verantwortlich ist, und sein Hass auf die Verantwortlichen, die da oben, wird immer größer. Die können sich abputzen und sagen, ich habe das ja nicht getan. Dazu haben sie solche wie ihn, die sind dann die Bösen. Aber er ist nicht verantwortlich. Das muss er sich immer wieder sagen.

Einmal noch in seinem Leben wünschte er sich, auf jemanden zu treffen, der ihm, als Täter, als Schuldigen, sein Recht auf Leiden zugesteht, ihm das Recht auf ein wenig Trost zugesteht. Das vielleicht ist die Hölle, keinen Anspruch auf Vergebung und Trost in sich selbst zu finden.

Er stellt drei Häferl auf den Tisch und schenkt Kaffee ein.

Der junge Kollege löffelt Zucker in den Kaffee. „Morgen ist Sommerkonferenz, da müssen wir dem General unsere Planung für die Ferien vorlegen. Was machen wir mit den schwierigen Fällen? Die Bettbrunzer können wir nirgendwohin schicken."

„Höchstens nach Hause, aber auch nicht alle. Die schicken sie uns gleich wieder zurück. Wir teilen sie für die Arbeit bei den Bauern in der Umgebung ein. Dann können sie am Abend wieder hier sein."

„Und mit dem Dakosta? Was machen wir mit dem?"

„In den Ferien? Oder überhaupt?"

Die beiden fixieren den Feldwebel.

„Für die nächsten Tage sitzt der Dakosta jedenfalls im ‚Knast' und danach ist das Schuljahr zu Ende und es gelten ohnedies andere Regeln."

„Knast", so nennen sie das Sonderzimmer am Ende des Gangs. Nur zur Unterrichtszeit wird Dakosta herausgelassen.

Die restliche Zeit muss er allein verbringen. Nachdenkzeit. Besserungszeit. Mit dem „Knast“ ist auch ein Kontaktverbot zur Familie verbunden. Keine Anrufe, keine Besuche, keine Briefe oder Pakete. Nach dem „Knast“ ist ein Zögling meistens sehr leise.

Der Friedrich ist wieder auf den Beinen. „Gebrochene Nase“, diagnostizierte der Arzt. Nichts weiter. Schule geht, aber zu den Bauern kann er heuer nicht geschickt werden.

Was sie mit dem Dakosta in den Sommerferien machen sollen, ist ihnen noch nicht klar. Einen, der sich nicht zu benehmen weiß, kann man nirgendwohin schicken.

Hans

Das Fenster steht offen. In der Ferne sind die Geräusche der Zöglinge zu hören. Die Sonne wirft ein helles Rechteck an die gegenüberliegende Wand und den am Boden hockenden Dakosta.

Seit drei Tagen ist er hier. Etwas Seltsames geschieht seither. Die Wände des Zimmers rücken näher, legen sich eng um das eine Bett, den Tisch, den Stuhl, das Waschbecken, den Notdurftkübel und um den Dakosta. Nicht so die Zeit. Die dehnt sich wieder aus, dick und zäh. Das Fenster im ersten Stock geht hinaus zum Garten. Es muss offen stehen, sonst hätte so viel Zeit nicht mehr Platz im Raum und so viel Enge auch nicht.

Zu Beginn ist er froh gewesen, sich am Abend ins Bett legen zu können, und kein Hans musste über ihn wachen und auf der Hut vor den Schatten sein. Die verschlossene Tür sperrt auch aus.

Inzwischen ist das Lesebuch durchgelesen, sind die Blätter vollgezeichnet, vorne und hinten. Er ist schon die Wände entlanggegangen, über das Bett, auf den Sessel gestiegen, unter dem Tisch durchgekrabbelt, unter dem Bett gelegen, und dann ist der Moment gekommen, da sind nur mehr die Wände unerkundet gewesen. Er hat genau hingeschaut und gesehen: Die Wände sind auch nichts anderes als weiße Blätter. Unter dem Tisch hat er begonnen. Zuerst das Mauseloch an den Rand der Bodenleiste gesetzt, die Maus läuft an ihr entlang. Die Katze sitzt hinter dem Notdurftkübel und stellt den Buckel auf, weil da ein Hund ist zwischen ihr und der Maus. Von seinem Sonnenfeldplatz aus hat er sie alle gut ihm Blick.

Er beginnt zu singen. „Alle Vöglein sind schon da“, „Der Jäger aus Kurpfalz“, „Tirol is lei oans“, „Abendstille überall“, „Am Brunnen vor dem Tore“, „Schau, schau, wia's regna tuat“, „Im Märzen der Bauer“, „Auf einem Baum ein Kuckuck, simsaladim bamba“, „Wohl ist die Welt so groß und weit“, „Schon wieder blühet die Linde“, „Im Frühtau zu Berge wir ziehen, fallera“. Alle Lieder, die er je gehört hat. Als ihm keine mehr einfallen, beginnt er von vorne.

Er singt und hört das leise Klopfen nicht. Der Schlüssel wird ins Schloss geschoben und der Gärtner schlüpft in den Raum. Als Hausmeister verfügt er über alle Schlüssel des Hauses.

Dakosta springt überrascht auf, läuft auf ihn zu, schlingt die Arme um ihn. Sie reichen gerade um den Mann herum. Sein Kopf liegt an seiner Brust. Der Geruch von Erde, Schweiß und Zigarettenrauch ist ihm vertraut. Der Mann ist ein wenig verlegen, „na, na“, beschwichtigt er und weiß nicht, wohin er die Hände tun soll.

Sie setzen sich in das Sonnenrechteck.

Der Gärtner lässt Himbeeren in die kleine Bubenhand perlen. Dakosta legt jede Beere nacheinander bedächtig auf die Zunge.

Der Gärtner nimmt den Kübel, verschwindet damit und kommt nach kurzer Zeit mit dem entleerten zurück. Er wandert im Zimmer herum, betrachtet die Bilder auf dem Tisch, hinten und vorne, und die auf den Wänden. Er setzt sich erneut neben Dakosta. Das Sonnenfeld ist mit dem Zögling ein Stück weitergewandert.

„Sie werden nicht begeistert sein über deine Höhlenmalereien. Aber … du bist talentiert."

„Der Feldwebel sagt, ich kapiere nichts. Aus mir wird nichts werden, höchstens ein Verbrecher."

Der Gärtner erzählt ihm, er habe den Anstaltsleiter gebeten, ihn in den Ferien als Gehilfen zugeteilt zu bekommen. Er habe zugestimmt. Außerdem würde sich jemand um sein Beet kümmern. Es sei in bester Ordnung.

Die Sonne reicht Dakosta ein Stück unter die Haut.

„Ich höre dich die ganze Zeit singen. Warum machst du das?"

„Die Vögel da draußen sitzen in den Bäumen, keiner sieht sie, aber alle hören sie … Ich singe, dann vergesst ihr nicht, dass ich da bin."

Kathi und Robert

Der Fluss ist grün. Bei schönem Wetter ist er immer grün.

Robert bückt sich nach einem Stein, besieht ihn, verwirft ihn, bückt sich nach einem anderen. Er läuft zur Bucht hinter der Sandbank. Das Wasser gleitet hier ruhig. Er schleudert den Stein über die Oberfläche. Der springt mehrfach hoch, bevor er versinkt.

„Hast du das gesehen?!" Er winkt ihr.

Er ist vor der Schule gestanden, an sein Moped gelehnt. Der Chef ließ ihn heute früher gehen. Er müsse etwas Wichtiges erledigen, hatte er erklärt.

Was denn das Wichtige sei, fragte sie ihn. Er lachte nur und reichte Kathi ein Papiersäckchen mit Himbeerzuckerln. Acht Jahre Schule würden einen süßen Abschluss verdienen.

Kathi hat sich auf einer Sandbank niedergelassen und beobachtet das Wasser. Der Fluss, denkt sie, bleibt immer der gleiche. Egal, wie viele Steine du hineinwirfst, es verletzt ihn nicht. Er fließt einfach weiter. Der Stein bleibt auch, was er ist. Der Fluss löst ihn nicht auf, er geht nicht verloren, nur weil er nicht mehr zu sehen ist.

„Mein Bruder ist wie versunken …"

Sie nimmt sich ein Zuckerl aus der Tüte, hält sie Robert hin.

„Ich weiß. Die Großmutter hat es mir erzählt."

„Ich hätt' jetzt doch einen Wunsch …"

„Du willst zu ihm fahren? Mit mir?"

Sein Herz hüpft leicht, wie der Stein vorhin über dem Wasser, irgendwie schwerelos.

Am folgenden Tag hat Robert viel zu tun. Die Großmutter sieht ihn das Moped auf Hochglanz polieren und lächelt vor sich hin. Sie hat ihn in letzter Zeit öfter um die Kathi der Dakostas herumschwänzeln gesehen. Was sie nicht bemerkt, ist der Rucksack unter Roberts Bett und die leere Ersparnisdose auf seinem Tisch.

Den Chef hat Robert überzeugen können, ihm eine Woche Urlaub zu geben. Der Chef weiß seine Leute bei Laune zu halten. Er ist seit seiner Lehrzeit im Betrieb und danach als Geselle geblieben. Tischler werden dringend gebraucht.

Um vier Uhr früh schiebt er das Moped, ohne den Motor anzulassen, bis hinter die Hecke ans Ende der Siedlung. Dann wartet er. Die Spatzen zetern im Gebüsch. Aber ihre Aufregung ist nichts im Vergleich mit seiner.

Er weiß, Kathi ist minderjährig und er mit seinen einundzwanzig Jahren volljährig. Sie könnten ihn bestrafen dafür, dass er sie unerlaubt mitnimmt. Aber was tut er denn schon? Er wird auf sie aufpassen.

Den ganzen Tag über war Kathi gut gelaunt. Einmal fing sie den misstrauischen Blick der Mutter auf. „Und? Darf ich nicht gut aufgelegt sein?“, hat sie gefragt, „immerhin ist die Schule vorbei.“

Die Mutter hörte auf mit dem Misstrauen und wischte weiter den Boden.

Am Abend lag Kathi im Bett, beobachtete den Lichtstrahl und hörte das Gemurmel der Elternunterhaltung und dachte daran, dass sie sich am nächsten Abend wohl über sie unterhalten würden.

Als in der Wohnung alles ruhig war, schrieb sie den Brief und hinterlegte ihn für die Eltern auf dem Küchentisch. Sie teilte ihnen mit, dass sie zu Hans fahren würde, und beschwor sie, nicht die Gendarmen und auch nicht die Anstalt zu verständigen. Sie würde spätestens in einer Woche zurück sein und ihnen berichten.

Robert und das Moped verschwieg sie.

In ihre Umhängtasche packte sie nur das Notwendigste: ihr Taschengeld, die Zahnbürste, ein Stückchen Seife, vorsichtshalber die dicke Wolljacke und ein Tuch um den Kopf. Pass konnte sie keinen einpacken. Als Staatenlose besitzt niemand in ihrer Familie einen Pass. Sie würde auch ohne einen Weg finden, voranzukommen. Stattdessen schob sie noch ein Buch hinein. „Robinson Crusoe". Daraus hatte sie Hans oft vorgelesen und sie erinnerte sich, wie sehr er es mochte. Es ist eines der wenigen Bücher im Familienbesitz.

Um vier Uhr nimmt sie ihre Schuhe in die Hand und schleicht barfuß aus dem Haus.

Als sie ihn an der Hecke stehen sieht, ist verfrühter Sonnenaufgang.

„Ich bin froh, dass du es dir nicht anders überlegt hast." Jetzt ist sie doch verlegen.

Er lässt seinen Blick über ihre Gestalt streifen. „Mit dem Rock kannst du nicht Moped fahren."

Er muss ihr an ihrer Miene angesehen haben, dass sie keine Hose besitzt, und öffnet seinen Rucksack. „Hier, zieh das an." Sie schlüpft in seine viel zu weite Hose. Er zieht seinen Gürtel ab und reicht ihn ihr. Sie knotet ihn um die Taille und stülpt den Hosenbund darüber. „Voilà! Chic français." Sie stolziert ein paar Schritte. „Diese Hose werde ich ab jetzt am liebsten anziehen."

Er grinst, stopft ihren Rock in den Rucksack, reicht ihn ihr. „Du musst ihn nehmen, sonst hast du keinen Platz mehr hinter mir."

Kathi ist hinter Robert auf das Moped gestiegen. Doch zunächst scheint nur ihr Körper in diese ungewohnte Nähe hineingestiegen zu sein. Ihre Gefühle sind langsamer als die Ereignisse. Es ist eine Sache, in einem Traum mitzufahren, und eine andere, die Nähe ganz körperlich zu spüren. Sie hält ein wenig Abstand zu seinem Rücken, als bräuchte ihre Schüchternheit noch Platz.

Sie lassen die Stadt mit ihren Lichtern hinter sich. Nur selten begegnet ihnen ein Fahrzeug. Die Luft ist frisch. Sie bilden in der Dunkelheit eine leuchtende, bewegte Insel. Manchmal streift das Scheinwerferlicht den nah an der Straße vorbeigleitenden Fluss und holt ihn aus dem Grau der Nacht. Sie beginnt den Fahrtwind zu spüren und die Stille, durch die sie knattern. Die steifmachende Schüchternheit entweicht mehr und mehr. Sie legt beide Arme um Roberts Bauch und schmiegt sich an seinen Rücken. Sie sind eine Bewegung.

Der Gärtner

Als dem Gärtner bei seinem Eintreten in den „Knast" der Dakosta entgegenläuft, fühlt er sich an den Kater erinnert, der ihm jedes Mal sein Willkommen um die Beine streicht. Er mag den Kater. Es ist alles echt an ihm. Er erscheint ihm als einziger Bewohner auf dem Anstaltsgelände frei. Manchmal, wenn der Kater will, besucht er den Gärtner.

Damals, als er seine Frau und seinen Buben unter dem Schutt fand, stand dem Gärtner unauslöschlich vor Augen, dass kein Wesen je sein Besitz sein würde, und er meinte, niemand könne mehr nach diesem Verlust bedeutend für ihn sein.

Und nun sind ihm der Kater und der Dakosta passiert.

Hans

Der Gärtner löst sich aus der Umarmung des Buben und legt neue Zeichenblätter auf den Tisch. „Damit die Wände ihre Ruh' haben", brummt er, setzt sich auf den Boden und schaut in das wolkenverhangene Grau vor dem Fenster.

Dakosta legt sich bäuchlings auf sein Bett. „Hoffentlich finden sie dich hier nicht."

„Keine Angst, in diesem Haus läuft vieles hintenherum. Keiner hat mich gesehen. Das lernt man mit der Zeit, sonst überlebst du hier nicht."

„So macht es der Friedrich auch."

„Aber du nicht, Dakosta. Immer geradeaus mit dem Kopf durch die Wand, oder?"

„Doch."

„Was doch?

„Hintenherum kann ich auch."

Es hatte vor einiger Zeit einen Stromausfall gegeben daheim. Der Vater stieg mit ihm in den Keller hinunter, schraubte die weiße Sicherung aus Porzellan ab und stellte fest, dass sie kaputt war. Sicherungen waren Mangelware, sie zu bekommen, war nahezu aussichtslos. Sie saßen am Abend bei Kerzenlicht. Die Mutter lamentierte über den ausgefallenen Kühlschrank und der Vater überlegte, wie er am nächsten Tag zu einer Sicherung kommen konnte.

Im Nebenhaus waren in einer der Wohnungen französische Besatzungssoldaten einquartiert. Hans schlich sich in der Nacht in den dortigen Keller, fand den Schaltkasten, schraubte die Sicherung ab und setzte sie im eigenen Haus ein.

Der Vater konnte sich am nächsten Tag nicht erklären, was vor sich gegangen war. Er hatte Hans nur prüfend angeschaut und dann auf Fragen verzichtet.

„Die Franzosen können sich leichter beschaffen, was sie brauchen, als wir. Das tut mir bis heute noch nicht leid."

Er schaut den Gärtner prüfend an. „Denkst du jetzt, dass ich ein Dieb bin? Oder ein Schläger? … Wegen dem Friedrich, mein' ich."

„Du hast etwas gestohlen, aber du bist deshalb nicht gleich ein Dieb."

Dakosta hat Zweifel im Gesicht. „Versteh ich nicht."

„Ich meine, Kinder können sehr wohl Täter sein …, weißt du ja, aber sie sind nie Schuldige, anders als die Erwachsenen."

Dakosta denkt nach.

„Vielleicht bin ich nur deshalb kein Dieb, weil es keiner weiß. Vielleicht tut der Friedrich deshalb alles hintenherum."

„Du glaubst, wenn keiner etwas weiß und sieht, denkt keiner schlecht von dir und man hat weniger Schwierigkeiten?"

„Vielleicht. Sagst du ja auch."

„Ich glaube, manches ist gar nicht versteckt, man könnte es sehr wohl sehen, aber es ist leichter, so zu tun, als wäre da nichts", antwortet der Gärtner.

Den Diebstahl hatte Hans verheimlichen können. Aber was ihn viel mehr beschäftigt, ist, dass es sich daheim nicht mehr verbergen lassen würde, dass er in der Anstalt ist. Ein Heimkind würde er für immer sein, sofern er denn irgendwann heimkommen sollte. „Der war im Heim", hatten sie zu solchen wie ihn in der Siedlung gesagt, und die gehörten nie mehr richtig dazu. Es würde ihm wie ein Schatten überallhin folgen.

„Und ein Schläger? Bin ich einer?"

„Ich weiß nicht, bist du ein Schläger?"

Dakosta legt sich auf den Rücken und starrt an die Decke. „Daheim war ich keiner. Aber hier? Hier werde ich langsam einer. Vielleicht ist man an jedem Ort ein anderer. Vielleicht bin ich hier ein Schläger, weil ich hier einer sein muss, und woanders bin ich keiner."

Jetzt ist der Gärtner der mit dem zweifelnden Ausdruck im Gesicht. „Das habe ich noch nie gehört, dass man ein Schläger sein muss. War das beim Friedrich so, dass du ihn schlagen musstest?"

Dakosta springt vom Bett auf und rennt durch den Raum, immer wieder hin und her. Als er in die Reichweite des Gärtners kommt, hält der ihn am Arm fest und will ihn neben sich auf den Boden ziehen. Doch kaum berührt er ihn, schreit Dakosta auf. Der Gärtner lässt ihn los, klopft mit der flachen Hand auf den Boden neben sich. Dakosta hockt sich zögernd nieder. Der Gärtner schiebt den Ärmel von Dakostas Hemds hoch. Um den Oberarm zieht sich ein blutunterlaufener Abdruck.

„War das der Friedrich?"

Dakosta schüttelt den Kopf.

Der Feldwebel ist am Vorabend ins Zimmer gekommen. Als er die Tiere an der Wand bemerkte, trieb er den Buben vor sich her von einem Eck ins andere, stieß ihn an die

Wand, an die Tischkante, auf den Boden, fluchte und schrie, so blöd könne er doch nicht sein, dass ihm sogar der Knast die Frechheit nicht austreiben würde. Dann verließ er fluchtartig den Raum, versperrte die Tür, als müsste er sie rasch zwischen sich und den Zögling bringen, und schrie noch hinein, das Abendessen sei diese Woche gestrichen, er und der Hunger würden ihn schon noch zurechtbiegen.

Die Nasenflügel des Gärtners beben und der Bart darunter bewegt sich, als hätte ihn ein heftiger Wind erfasst. Er springt auf und verlässt das Zimmer.

Dakosta legt eines der Zeichenblätter auf den Boden, kauert sich hin und beginnt zu malen. Eine Kindergestalt nach der anderen setzt er in die leere Fläche. Einem langen Dürren, dem Blut aus der Nase rinnt, malt er ein Pflaster über einen Riss an der Lippe. Einem mit einer Roland-Kleinheit zieht er eine Ritterrüstung an und einem anderen wallen lange Haare um den Kopf. Eines ist allen gemeinsam: Aus ihren Köpfen und Gliedmaßen ziehen sich Fäden, die am anderen Ende an einen quer über alle reichenden Stab geknüpft sind. Darüber schwebt ein Schatten, aus dem zahlreiche dunkle Hände herausgreifen und den Stab umfassen. Und dann zeichnet er eine große Schere, die vom Rand her ansetzt, alle Schnüre abzuschneiden.

Er hört den Schlüssel im Schloss und dreht die Zeichnung eilig um.

Der Gärtner drückt Dakosta ein Päckchen in die Hand. In Zeitungspapier eingeschlagen, findet er eine dick mit Wurst belegte Scheibe Brot. Er versteckt sie unter dem Kopfkissen, für später, wenn der Hunger kommen würde.

Der Gärtner bleibt am Fenster stehen und scheint in Gedanken versunken. „Du hast mir noch keine Antwort gegeben. Musstest du den Friedrich schlagen?"

Er dreht sich zu Dakosta um. Der hockt auf seinem Bett, gleich neben dem Kopfkissen, als müsse er das Brot bewachen.

Hans versucht dem Dakosta einen ermutigenden Schubs zu geben. Er bemerkt, wie Bewegung in Dakostas Hals kommt. Und erstmals, für den Gärtner unhörbar, erwidert ihm der Dakosta, was das denn ändern würde, wenn er redete?

Der Gärtner hat immer noch den fragenden Blick im Gesicht. „Geht es dabei um dich?"

Dakosta wackelt mit dem Kopf.

„Du bist kein Verräter, wenn du es mir erzählst. Ich gehöre hier nicht dazu. Außerdem darf man ein Geheimnis, das eine Last ist, nie geheim halten."

Und plötzlich springt der Dakosta hinein, stößt sich wie von einem Ufer ab, hinein in die Strömung, und er redet und redet, zunächst stockend, dann immer schneller, mit Händen und allem, hört nicht mehr auf und der Fluss trägt ihn, er erzählt und geht darin nicht unter. Er erzählt vom Abgeholtwerden, von seiner Flucht, von allem, von Hunden und Haaren, bis er bei der Erzieherin landet und den Vorfällen am Fußballplatz.

Der Gärtner hat sich irgendwann auf den Stuhl gesetzt und sich nicht mehr gerührt.

Dakosta hebt das Kopfkissen an, wickelt das Brot aus und beißt hinein, als müsste er sich für die vielen Worte belohnen. Dabei lässt er den Gärtner nicht aus den Augen.

„Du bist jedenfalls kein Schläger, Hans. All das soll so ein Kleiner, wie du, nicht erleben müssen." Er streicht dem kauenden Buben über den Kopf. „Ich gehe jetzt. Ich muss nachdenken. Wenn du etwas brauchst, stell eine Zeichnung ins Fenster, dann komme ich."

Kathi und Robert

Nur einmal halten sie an einer Tankstelle. Kathi hatte es anfangs eilig. Zu lange, denkt sie, hat die Familie gewartet und niemand machte sich auf den Weg zu Hans.

Je näher sie dem Ziel kommen, umso bewusster wird ihr, wie wenig sie von diesem Ort weiß. Jedes Mal, wenn von den Erziehungsanstalten die Rede ist, stellt sich eine seltsame Atmosphäre ein, wie sonst nur bei Zuchthäusern oder Nervenheilanstalten. Unorte, denen eines gemeinsam zu sein scheint: Niemand geht freiwillig dorthin. Und die Insassen, allesamt Leute, die etwas ausgefressen haben, oder Verrückte, in jedem Fall anscheinend Gefährliche.

Mit zunehmender Dauer der Fahrt wächst in ihr die Angst vor der Ankunft in so einem Haus und so erscheint ihr die Ortstafel der Hauptstadt wie eine willkommene Einladung und Ablenkung.

Sie stellen das Moped an den Rand einer Allee. Kathi schaut an sich herab, nimmt kurz entschlossen ihren Rock aus dem Rucksack, verschwindet hinter einem Busch und kommt wenige Augenblicke später umgezogen wieder hervor.

Sie mag, wie Robert sie ansieht. Sie schlendern entlang der Allee in die Altstadt. Robert ergreift wie selbstverständlich ihre Hand, als seien sie mit der Ankunft in der Hauptstadt auch in eine freiere Zone hineingefahren.

Sie streifen durch die Gassen, stehen vor dem berühmten Dachl und sind ein wenig enttäuscht darüber, wie klein es ist. Aus einem Kaffeehaus dringt das Lied „That's All Right, Mama" dieses jungen amerikanischen Sängers. Sie setzen sich an eines der Tischchen auf der Gasse und Robert bestellt ein kleines Bier und eine Kugel Eis für Kathi. Sie genießen das Treiben, necken sich. Ihre Beine spielen unter dem Tisch mit dem Musikrhythmus und miteinander. Sie ist in einer Wolke aus Leichtigkeit, bis Robert ihre Hand nimmt und meint: Es wäre wohl besser, wenn sie, um eine Übernachtungsmöglichkeit zu finden, in die Dörfer hinausfahren würden, die Unterkünfte seien dort billiger.

Da ist es wieder. Das Ziel. Der Hans. Und ein wenig schämt sie sich für ihre Unbeschwertheit, während ihr Bruder in der Anstalt festsitzt.

Wieder in Hosen, hockt sie hinter Robert und ihr ist, als hätte sie mit der neuen Stadt auch bisher ungekannte Seiten an sich selbst entdeckt.

Immer mehr rücken die Berge ans Tal heran. Die Dörfer wirken wie eingeklemmt zwischen den Hängen.

Robert hält vor einem Hof. Am Eingang versucht ein „Fremdenzimmer“-Schild mit großen handgemalten Buchstaben vorbeifahrende Reisende als Gäste zu gewinnen. Er klopft und verschwindet im Haus. Nach einer Weile kommt er zurück, nimmt den Rucksack und raunt ihr zu, er sei ihr Cousin und ihr Fahrer und bringe sie nach Liechtenstein zu ihrer neuen Dienststelle. Grinsend erklärt er in ihre Verwunderung hinein, die Bäuerin hätte sonst wohl eher die Polizei geholt, als ein Zimmer herausgerückt. Die Bäuerin mustert sie. Wird wohl ihrer Hose geschuldet sein, denkt Kathi und grüßt, als hätte sie das Misstrauen nicht bemerkt. Die Frau geht ihnen voraus ins Obergeschoss. Das Zimmer, einfach und sauber, mit einem Doppelbett. Ein Bad am Ende des Gangs. Kathi bleibt an der Tür stehen.

„Ich bin unten." Robert lächelt. Ein zweites Zimmer hätte er sich nicht leisten können und so gab ihm die auf ihren Ruf bedachte Bäuerin die Ofenbank in der Stube.

Am frühen Morgen erhalten sie ein Frühstück mit weichen Eiern, Butter und Käse. Kathi fühlt sich wie eine dieser reichen Fremden, die neuerdings in ihren Cabrios durch das Städtchen Richtung Süden fahren.

Das Moped kämpft sich durch die Kehren der Passstraße. Immer wieder steigen sie ab und lassen den Motor abkühlen. Kurz nach einer alten Pilgerherberge erreichen sie den Pass. Um Benzin zu sparen, lässt Robert das Moped auf der abschüssigen Straße ohne Motor rollen.

In einem kleinen Dorfladen versorgen sie sich mit Brot und Käse, füllen am Brunnen ihre Wasserflasche und setzen sich auf einen Stein am Rande der Straße.

„Warum machst du das eigentlich?" Kathi mustert ihn. Ihr ist der Gedanke gekommen, dass sie nach dieser Reise in seiner Schuld stehen würde, und die Vorstellung, er könnte sie irgendwann einfordern, verursacht ihr plötzlich Unbehagen. „Sag, Robert. Warum?"

Er legt Brot und Käse zur Seite, wischt sich die Finger an der Hose ab und nimmt ihre Hände. So wie er sie dann anschaut, schämt sie sich ein wenig für ihre Befürchtungen.

„Ich kann mir nichts Schöneres vorstellen, als mit dir durchs Land zu fahren." Und so wie er es sagt, fällt es ihr nicht schwer, ihm zu glauben.

„Ich habe Angst, an Hans dort vielleicht nicht heranzukommen."

Robert legt ihr den Arm um die Schultern. „Wir werden am Nachmittag da sein. Dann finden wir einen Weg."

Der Gärtner

„Sie sind für das Wohl der Buben verantwortlich."

Vielleicht ist es das unverbrüchliche Vertrauen in Dakostas Blick gewesen, das ihm angesichts seiner eigenen Tatenlosigkeit zunehmend Beschämung verursachte.

Am Morgen noch vor Arbeitsbeginn machte er sich auf den Weg zum Büro des Anstaltsleiters, klopfte, trat ein, und jetzt sitzt er hier einem, wohl ferienbedingt, unbeschwerten Mann gegenüber. Das Jackett hängt über der Sessellehne und Kaffeegeruch im Raum. Und so hat er sich zunächst fast ein wenig eingeladen gefühlt, sich hinzusetzen und sein Anliegen vorzubringen. Er berichtet von den Strafaktionen und Übergriffen der Erzieher, vor allem des Feldwebels und der Erzieherin. Er vermeidet, Dakosta als seine Informationsquelle zu nennen, auch wenn er annimmt, dass der Anstaltsleiter ihn, aufgrund ihres häufigen Zusammentreffens, in Verdacht haben würde. „Sie müssen das abstellen. Sie sind für das Wohl der Buben verantwortlich."

„Also, wenn Sie schon so interessiert sind an den Zöglingen, dann müssen Sie Folgendes wissen: Es verhält sich genau umgekehrt. Wir sind dafür verantwortlich, dass die Zöglinge das Wohl der Gesellschaft nicht gefährden. Sie müssen zum Wohl der Gemeinschaft Gehorsam und Unterordnung lernen. Sie müssen arbeitsam und nützlich werden. Erst wenn sie das kapieren, haben sie das Recht, dass es ihnen auch gut geht, ein Recht auf ihr ‚Wohl', wie Sie so schön sagen. Respekt muss man sich verdienen. Schwäche verdient keinen Respekt. Schwäche gehört beseitigt." Der Anstaltsleiter richtet sich auf, mit jedem Satz mehr. Ein Blick ohne einen Hauch von Zweifel. Wahrheitsgewiss, pflichtergeben, sendungsbewusst, durchsetzungsgewillt.

„Sie wollen jemand also beibringen, sich an Grenzen und Regeln zu halten, indem euch selbst alles erlaubt ist, für euch Grenzen nicht gelten? Gewalt gebiert Gewalttäter."

„Gewalt haben wir alle erlebt. Oder Sie nicht? Und? Ist deshalb nichts aus mir geworden? Oder aus Ihnen? Was uns nicht umbringt, macht uns stärker." Der Anstaltsleiter lacht und krempelt sich die Hemdsärmel hoch.

„Und verrohter", ergänzt der Gärtner in Gedanken.

„Und außerdem, Gewalt ist nicht so schlecht, manchmal notwendig, um etwas in die richtige Richtung zu lenken. Angst ist wie ein Schmiermittel, da lässt sich jemand leichter lenken."

„Ach, und da gehört das Begrapschen von Kindern dazu?"

„Wieso begrapschen? Gönnen S' dem Buben etwa das bissl Frauengestreichel nicht?" Und in einem Verbrüderung anbietenden Ton setzt er fort: „Hätten S' wohl auch gern ein bissl mehr davon?" Er schickt ihm ein „Unter Männern verstehen wir uns halt"-Grinsen über den Schreibtisch. „Schauen S', die Buben haben allesamt keine liebevolle Mama hier und manche nicht einmal daheim, die sie manchmal streicheln könnt'."

Und dann sehr scharf, wie ein Wettersturz: „Unterstehen Sie sich und machen mir weiter meine Mitarbeiter madig! In letzter Zeit häufen sich die Beschwerden über Sie. Der Pfarrer und die Lehrerin haben mir erzählt, Sie würden seltsame Theorien verbreiten. Vielleicht sind Sie verantwortlich dafür, dass der Erzieher derartige Probleme mit dem Dakosta hat! Glauben Sie ja nicht, dass Sie unsere Autorität untergraben können!"

Der Kaffee dampft wie zuvor und die leger aufgekrempelten Ärmel sind immer noch aufgekrempelt, doch keines von beiden verführt den Gärtner mehr dazu, zu glauben, er habe es hier mit einer zugänglichen Person zu tun.

Plötzlich weiß er: Der Anstaltsleiter ist völlig mitgefühlsamputiert. Plötzlich fühlt er sich hilflos, außerstande, sein Gegenüber zu erreichen. Wie soll das gehen? Wie soll er einem ohne Mitgefühl vermitteln, dass es Menschen sind, lebendige Wesen, keine zu verwaltenden und zu reparierenden Gegenstände, für die er verantwortlich ist? Eine Haltung wie die des Anstaltsleiters ist ihm vor nicht allzu langer Zeit nur allzu oft begegnet. Und seither fragt er sich immer wieder, wie es kommt, dass scheinbar normale Menschen, verlässliche Partner und Eltern, eingefärbt in gesellschaftlicher Angepasstheit, zu Ungeheuerlichkeiten fähig sind. Es wäre ihm eine Wohltat, wenn er sie als Ungeheuer bezeichnen könnte, aber es sind Menschen. Er weiß, der Anstaltsleiter genießt Ansehen im Ort und in den Ämtern. Er habe einen sehr schweren Beruf, heißt es und würde in bewundernswerter Weise mit den dort auf einen Haufen geworfenen „Krätzen" zurechtkommen. Das Dorf hätte jedenfalls keine Probleme dadurch. Der Gärtner weiß von den Aufträgen, die die Handwerker aus dem Dorf hin und wieder erhalten, und hat erlebt, wie behilflich die Dorfleute sind, wenn wieder einmal ein Zögling außerhalb daherkommt. Dann verständigen sie eiligst die Gendarmen oder den Anstaltsleiter. Alles für die Ordnung! Und als sie einmal einen Zwölfjährigen im Wald an einem Baum hängen gesehen haben, fanden sie ihre Annahme von Gottlosigkeit und völliger Verderbtheit bestätigt und niemand interessierte sich dafür, welches Leiden dem Buben den Knoten am Seil geknüpft hatte.

Und immer wieder fragt er sich, ob dieses Heile-Welt-Bedürfnis außerhalb der Anstaltsmauern nicht irgendwie mit dem Stau des Leidens innerhalb dieser Mauern zusammenhängt, als seien es kommunizierende Gefäße. Vielleicht funktioniert „heile Welt" ja nur, wenn alles Unliebsame, alle Ängste, alle Unsicherheiten auf „die anderen" verlagert werden, über die Mauern herein zu diesem Häufchen Buben? Und bilden diese Schuldzuschreibungen nicht erst die Rechtfertigung dafür, mit diesen Menschen zu tun, was sie für sich selbst und ihre Kinder niemals wollen würden?

Plötzlich fällt dem Gärtner das Atmen schwer.

Als könnte der Anstaltsleiter die Gedanken des Gärtners hören, fügt er entschuldigend hinzu: „Manchmal hat man einfach keine Wahl. Da muss man halt zu härteren Mitteln greifen, wenn ein wünschenswerter Zustand sonst nicht herzustellen ist. Sie kennen das ja. Der Zweck heiligt in gewisser Weise die Mittel."

Dem Gärtner ist klar, mit Reden ist beim Anstaltsleiter keine Veränderung zu erreichen. Ein Mächtiger wird sich nicht ändern, wenn er nicht muss.

„Sie haben eine Wahl", erwidert er und setzt in Gedanken fort, „und ich auch." Er erhebt sich, tippt zum Abschied stumm an die Hutkrempe und verlässt das Büro.

Den ganzen Tag über versinkt er in Grübeln. Und immer wieder geht er rauchend vor seinem Häuschen auf und ab.

Hans

Er bindet das eine Ende der Schnur an ein Stäbchen. Friedrich hält das andere Ende, spannt die Schnur, sodass sie eine gerade Linie bildet.

Sie fahren mit dieser Arbeit fort, bis sich am Rand der Wiese, unweit der Außenmauer, ein langes Rechteck abzeichnet. Der Gärtner hat die Seiten und Eckpunkte für das geplante Weitsprungfeld mittels einer Messstange markiert. Er beginnt, große Rasenteile herauszuheben. Friedrich und Dakosta schichten sie an der Mauer zu einem Haufen. Manche sind so schwer, dass sie nur von beiden gemeinsam hochgehoben werden können. Ihre Bewegungen sind koordiniert. Dakosta bemüht sich, Friedrich und seine verbandverklebte Nase nicht anzusehen.

Vor einigen Tagen ist Dakosta aus dem „Knast" entlassen worden. Der Gärtner hatte ihm am Abend täglich etwas zu essen hineingeschmuggelt. Bevor Dakosta gehen konnte, befahl ihm der Feldwebel, seine Spuren an der Wand mit weißer Farbe zu übermalen.

Die meisten Zöglinge sind in der Zwischenzeit auf die Höfe ihrer Pflegefamilien übersiedelt, offiziell als Pflegekinder, in Wirklichkeit jedoch werden sie für alle möglichen Arbeiten eingesetzt, die es im Sommer zur Genüge gibt.

Die Leere aus dem „Knast" scheint Dakosta zu begleiten, überallhin, in Schlafsaal und Speisesaal, in die Gänge der Anstalt und der Schule. Rolands Bett steht unberührt neben seinem und jetzt erst, bei der vermeintlichen Rückkehr in den Alltag, beginnt er ihn schmerzlich zu vermissen. Nur das Bett Schneiders und das der anderen Bettnässer ist bezogen, ebenso das Straflagerbett Stechers.

Hans beobachtet, wie Dakosta bei jeder Begegnung mit dem Feldwebel auf Abstand bedacht ist. Er hält sich in geduckter Haltung so weit von ihm entfernt, wie es die Situation erlaubt. Der Feldwebel eröffnete ihm, man habe weder den verletzten Stecher noch ihn wegschicken können und so würden sie während der Sommerferien dem Gärtner als Gehilfen zugeteilt sein.

Die Erzieherin und der junge Erzieher haben ihren Urlaub angetreten. Dakosta, Friedrich und die am Abend von den Höfen zurückkehrenden Bettnässer werden abwechselnd von einem Erzieher und dem Feldwebel betreut. Sie sitzen verstreut im großen Speisesaal beim Abendessen und liegen verstreut in ihren Schlafsaalbetten. Die leeren Plätze lassen sie mehr als sonst die außerhalb dieser Mauern existierende Welt spüren, in die alle anderen entschwunden sind und an der nur sie keinen Anteil haben.

Es gibt viel zu tun. Sie übernehmen das Gießen, Jäten und Ernten in den Beeten der abwesenden Zöglinge und benötigen dazu den gesamten Vormittag. Nach dem Mittagessen und einer akribisch einzuhaltenden Pausenstunde müssen sie wieder beim Gärtner antreten.

Dakosta treibt sich auch in der Pause in der Nähe des Gärtnerhäuschens herum. Er sieht dem Gärtner durch die offen stehende Tür zu, wie er etwas in der Pfanne brät, es auf einen Teller legt, sich ein Gläschen Rotwein einschenkt, beides auf den Tisch vor der Hausbank stellt und sich zum Essen hinsetzt. Nie nimmt er seinen Hut ab, auch nicht zu den Mahlzeiten. Von seiner Hutkrempe verborgen, beobachtet der Gärtner seinerseits den Dakosta beim unschlüssigen Herumschleichen.

Nach dem letzten Bissen lehnt er sich zurück, wischt sich mit einem Tuch über Mund und Bart und winkt Dakosta zu sich. Der Gärtner zündet sich eine Zigarette an. Er gießt Wasser für ihn in einen Becher.

Seit ihrem Gespräch im „Knast" haben sie nicht mehr geredet. Was Dakostas ihm erzählt hat, liegt zwischen ihnen wie ein nicht abgeholtes Fundstück.

Hans beobachtet den Dakosta neben dem Gärtner: Sie trinken, der Rauch steigt auf, sie lassen ihre Blicke über den Garten schweifen und über die Spatzen unter dem Tisch, die sich um die Krümel streiten, da bemerkt Hans, die Welt da draußen ist für den Dakosta nicht mehr so schmerzlich abwesend, auch der Roland nicht, die Eltern und Geschwister nicht, für eine Weile vergisst er sogar den Friedrich und den Feldwebel. Sie sitzen, als würden sie beieinander Kraft sammeln für etwas Kommendes, das sie nicht kennen.

Friedrich

Nach der Pausenstunde nähert sich Friedrich dem Häuschen, um sich zur Arbeit zu melden. Schon von Weitem sieht er den Dakosta neben dem Gärtner, registriert die Vertrautheit der beiden. Es zuckt leicht in seinem lädierten Gesicht.

Sie arbeiten wieder am Weitsprungfeld. Der Gärtner schiebt einen Schubkarren voll Sand heran und schüttet ihn in das freigelegte Rechteck. Dakosta verteilt den Haufen mit einer Schaufel. Friedrich zieht einen Rechen durch den Sand und streicht ihn zu einer glatten Fläche. Sie schwitzen und arbeiten mit vor Anstrengung roten Köpfen. Der Gärtner ruft sie zur Pause. Friedrich protestiert, der Feldwebel hätte ihnen aufgetragen, bis sechs Uhr zu arbeiten. Der Gärtner schlendert zum Krug auf dem Tisch. Er gießt Wasser in die Becher. Dakosta begleitet ihn. Friedrich bleibt mitten im Weitsprungfeld stehen.

Irgendwann ruft ihm der Gärtner zu: „Bedienen tu' ich dich nicht! Also komm! Wer arbeitet, muss trinken und essen!“ Zögernd nähert sich Friedrich, nimmt einen Becher, kippt das Wasser hastig in sich hinein und geht zurück zu seinem Rechen. Der Gärtner zündet sich auf seiner Bank eine Zigarette an, Dakosta hockt wie zuvor an seiner Seite.

Trotzig verharrt Friedrich im Weitsprungfeld und trägt einen unsichtbaren Kampf aus. Beim Feldwebel hat er sich in all der Zeit ein In-Ruhe-gelassen-Werden erarbeitet. Angepasst und dienstbar, hat er es geschafft, an der

Gewalttätigkeit des Erziehers nicht mehr anzustreifen und dessen Geschosse immer in Richtung eines anderen Zöglings abzulenken. Er hat auf diese Weise seine einigermaßen geschützte Nische gefunden.

Als er vorhin Dakosta und den Gärtner sah, traf ihn eine ungekannte Sehnsucht, etwas Mächtiges. Eine Sehnsucht, dazuzugehören, geborgen zu sein bei jemand, erwünscht zu sein irgendwo, vorbehaltlos. Und sie schwillt an in ihm und wird zu einer schmerzenden Entbehrung, da, wo das Herz ist. Und je mehr sie wächst, umso größer wird der Wunsch, er möge es sein, der jetzt neben dem Gärtner sitzt, er möge es sein, der einen nur für sich hat, einen, neben dem er sein kann. Und er wünscht sich den Dakosta weg und das Pochen in der gebrochenen Nase applaudiert dem Aufmarsch der finsteren Groll-Armee in seinen Gedanken.

Hans

Vertieft in ihre Arbeit, registrieren sie die Bewegung in ihrer Nähe nicht. Unweit der aufgehäuften Rasenstücke befindet sich ein hölzernes Tor, das in den Wald hinter der Anstalt führt. Das Tor ist niedriger als die Mauer und ermöglicht Einblick ins Anstaltsgelände. Es scheint verschlossen und seit Langem nicht durchschritten. Auf dem oberen Rand verhindern metallene Zacken ein Überklettern. Hinter den Zacken schiebt sich vorsichtig ein Kopf in die Höhe. Die Haare sind von einem gefalteten, um den Kopf gewundenen Tuch aus der Stirn gehalten. Eine Hand, auf den Mund gepresst, dämpft die aus der Kehle steigenden Töne zu einem erstickten Gurgeln.

Robert stoppt Kathis „Hans"-Schrei gerade noch rechtzeitig. So nah am Ziel muss jeder Schritt gut überlegt sein. Wie können sie Hans' Aufmerksamkeit erregen, nur seine. Woran würde Hans sie erkennen?

Von klein auf haben sich die Ladiner in der Stadt in der Küche der Dakostas getroffen, um zu singen. Die Lieder kennen Kathi und ihre Geschwister auswendig.

Dakosta stutzt. Er hört ein Singen. Er hört jemand ladinisch singen und meint, seine Ohren würden ihm vor Heimweh einen üblen Streich spielen, und seine Fantasie schickt ihm das Bild eines hämischen Rumpelstilzchens, das hinter der Mauer im Wald unverständliches Zeug dahersingt.

Und dann langsames Begreifen. Sein Herz pocht heftig. Er hat Mühe, seine Mimik zu kontrollieren. Er schaut sich vorsichtig um, bemerkt das Tor und die leichte Bewegung dahinter. Er vergewissert sich, dass der Gärtner und Friedrich weiterarbeiten, sie dürften das Singen wohl einer Spaziergängerin im Wald zuordnen. Dakosta schiebt sich unauffällig bis zu dem Sandhaufen nah am Tor und beginnt mit dem Verteilen des Sandes. Dann raunt er in Richtung Tor: „Bleib hier, Kathi, ich muss etwas erledigen, dann komme ich."

Dakosta steckt die Schaufel in den Sandhügel, wischt sich den Schweiß von der Stirn und geht, ohne auf Erlaubnis zu warten, zum Wasserkrug auf die Terrasse des Gärtnerhäuschens. Er schenkt sich Wasser ein und hofft, der Gärtner würde ihm folgen. Erst als der Gärtner den Gesichtsausdruck Dakostas erfasst, weiß er, dass etwas geschehen ist. Er schüttet die Fuhre Sand zu Friedrich, gibt ihm Anweisungen und gesellt sich zu ihm.

Friedrich arbeitet wieder allein im Weitsprungfeld. Nur an seinen etwas heftigeren Bewegungen kann man seinen Ärger auf den Dakosta ablesen und auf den Gärtner, der offensichtlich nicht vorhat, etwas gegen Dakostas Eigenmächtigkeit zu unternehmen.

„Kathi ist hier. Meine Schwester." Dakosta dreht verstohlen die Augen in Richtung des Tores. Der Gärtner trinkt. Er überlegt einen Moment. „Lass uns die Arbeit abschließen und geh dann mit dem Friedrich zum Abendessen. Ich werde mich um sie kümmern. Komm in der Abendfreizeit zu mir."

Der Gärtner

Nachdem sich die Zöglinge Hände und Gesicht gewaschen haben und zum Abendessen verschwunden sind, durchstöbert der Gärtner sein beachtliches Schlüsselbrett. Er nimmt einen angerosteten Schlüssel vom Haken und steuert auf das Tor in der Mauer zu. Sein erster Blick über die Zacken fällt nur auf Bäume und Sträucher. Er sperrt das Tor auf, zieht es mit Kraftanstrengung auf und tritt hinaus. Hinter der Mauer versteckt, kauern zwei Gestalten und beobachten ihn misstrauisch.

„Bist du Kathi? Dakostas Schwester?"

Das Mädchen nickt.

„Hat etwas gedauert. Tut mir leid. Wir machen das so: Wenn ich euch einen Wink gebe, kommt ihr zu diesem Häuschen da. Und vergesst nicht, das Tor hinter euch zu schließen."

Ohne eine Antwort abzuwarten, geht der Gärtner voraus und sieht sich verstohlen um. Die Erzieher dürften mit der Aufsicht während des Abendessens beschäftigt sein. Niemand ist zu sehen. Bei seiner Haustür angekommen, winkt er den beiden. Sie huschen über die Wiese. Er schiebt sie an sich vorbei in die Küche.

„Setzt euch! Ich bin hier der Gärtner und wohne hier."

„Was ist mit dem Hans?"

Der Gärtner beginnt Brotscheiben abzuschneiden, entnimmt der Kredenz eine in Leinen eingeschlagene Speckseite. Er legt das Jausenbrett vor die beiden. Stellt drei Schnapsgläser dazu und schenkt ein.

„Auf diese Überraschung brauchen wir jetzt einen." Er prostet ihnen zu und kippt den Schnaps in einem Zug in sich hinein. Dann lässt er sich auf einen Stuhl fallen.

„Ihr wisst anscheinend nicht, dass nur an Sonntagen Besuche erlaubt sind und dann auch nur mit Anmeldung und Genehmigung beim Anstaltsleiter. Und heute ist Montag. Habt ihr gedacht, ihr könnt hier einfach so hereinspazieren und sagen: ‚Hallo Hans, jetzt sind wir hier.'?!"

Robert richtet sich verärgert auf. „Halten Sie uns für blöd?"

Kathi legt ihm besänftigend die Hand auf den Arm. „Also, was ist mit Hans? Wo finden wir ihn? Helfen Sie uns nun?"

„Ihr habt Glück. Er ist nicht wie fast alle anderen auf einen Hof verschickt worden. Er kommt nach dem Abendessen hierher. Wir müssen sehr vorsichtig sein. Wenn euch jemand entdeckt, seid ihr meine privaten Besucher. Habt ihr verstanden?"

Sie nicken.

„Wo wohnt ihr?"

„Kathi wollte nicht vom Tor weg. Wir müssen uns noch etwas suchen. Gibt es einen Gasthof hier im Dorf?"

Der Gärtner überlegt. „Die im Dorf bekommen alles mit. Es wird wohl das Beste sein, wenn ihr hierbleibt. Du", er zeigt auf Robert, „schläfst in der Kammer im Bett neben mir. Und du, Kathi, musst mit dem Sofa hier vorliebnehmen."

Es ist ihm bewusst, mit dem Einschleusen zweier anstaltsfremder Personen auf dem Gelände verstößt er gegen die Hausordnung. Er versucht die Anspannung mit einem zweiten Schnaps zu vertreiben.

Ohne ein Klopfen öffnet sich die Haustür und durch den Spalt schlüpft eine kleine Gestalt herein, völlig außer Atem. Kathi springt auf, verrückt den Tisch, die Gläser klirren. Der Gärtner fängt die fallende Schnapsflasche auf. Kathi läuft auf Hans zu und drückt ihn an sich. Der Gärtner bemerkt Hans' bebende Schultern.

Er hört Kathis leises Flüstern, „Hans", immer wieder „Hans". Sie streicht ihm tröstend über die immer noch kurzen Haare.

Erst als das Schluchzen abklingt, bringt ihm der Gärtner ein Taschentuch.

„Endlich." Hans schaut noch immer ungläubig auf Kathi.

„Kaum sieht man dich eine Weile nicht, erkennt man dich schon fast nicht mehr! Tolle Frisur! Nicht gerade Bill Haley, aber ein Schöner kann alles tragen!" Kathi grinst ihn verlegen an.

Der Gärtner drängt sie zum Tisch. „Ihr habt eine Stunde, dann ist Schlafenszeit in der Anstalt", erklärt er ihnen. „Robert muss bei euch bleiben, besser, er wird nicht gesehen. Ich geh inzwischen eine Runde ums Haus. Wenn jemand kommt, pfeife ich. Lasst das Fenster offen, dann könnt ihr es hören."

Scheinbar entspannt schlendert er durch die Beete, den Obstanger, schaut eine Weile rauchend den Spielern auf dem Fußballfeld zu.

Friedrich vermisst er nicht. Er weiß, er kann wegen seiner Nase keinen Sport treiben. Und so bemerkt er nicht, dass Friedrich am Fenster des Studierraumes, von wo man das Freigelände gut überblickt, Stellung bezogen hat und sich fragt, weshalb der Gärtner Zeit zum Spazierengehen hat, wenn er doch den Dakosta noch einmal dringend für die Erledigung einer Aufgabe gebraucht hat. So hat es jedenfalls der Dakosta vorhin dem Feldwebel erklärt.

Der Gärtner bemerkt nicht, wie einer vorsichtig Richtung Häuschen schleicht und sich unter das geöffnete Küchenfenster schiebt.

Hans

Dakosta sammelt die Schnecken aus dem Beet dreiundvierzig und wirft sie in einen Kübel. Friedrich macht das Gleiche in Beet fünf.

Seit heute früh hat Friedrich wieder dieses Schadenfreude-Gesicht. Es ist dasselbe, das Dakosta damals, als Friedrich den Nachttopf über sein Bett geschüttet hatte, an ihm sah. Dakosta ist irritiert und weiß nicht, wo diesmal der Schaden ist, der dem Friedrich dermaßen Freude bereitet.

Dakosta fingert eine Schnecke zwischen zwei Salatblättern heraus.

Gestern hat Robert das Moped im Wald hinter der Anstaltsmauer versteckt und ihre Taschen geholt. Kathi überreichte Hans den „Robinson Crusoe" und erzählte ihm von den Bemühungen der Eltern, ihn zurückzuholen.

Nach der Rückkehr des Gärtners in die Küche hatten sie einen Plan für den kommenden Tag geschmiedet.

Kathi und Robert schlichen sich am frühen Morgen vom Anstaltsgelände.

Bei Dakosta überlagert die Vorfreude auf das Kommende heute alles andere. Er nimmt den Schnecken ihre Vielzahl nicht übel und dem Friedrich nicht den immer stärkeren Schattenblick, mit dem er ihm täglich mehr folgt, und dem Feldwebel nicht den morgendlichen Ammoniak-Gestank des Alkoholikers.

Die Zeit bis zum Mittagessen wird ihm dennoch zäh. Während der Pausenzeit hockt er wieder neben dem Gärtner, springt immer wieder auf und rennt seine Anspannung aus sich heraus.

Endlich weist der Gärtner Friedrich in seine Nachmittagsarbeiten ein. Er schiebt das Motorrad aus dem Schuppen, befestigt den zweirädrigen Anhänger daran und lässt Dakosta auf die Ladefläche steigen. Der Gärtner hat den Feldwebel informiert, er brauche den Dakosta, um Setzlinge von der Baumschule im Nachbardorf zu holen.

Der Anhänger holpert über den geschotterten Zufahrtsweg. Dakosta klammert sich an den Seitenwänden fest, um nicht herausgeschleudert zu werden. Er sieht das Anstaltsgebäude immer kleiner werden. Der Gärtner schiebt das große Tor auf, setzt das Gefährt auf die Straße davor und schließt das Tor hinter sich.

Dakosta befindet sich erstmals seit seiner Ankunft außerhalb dieser Mauern. Sogar die Luft scheint ihm hier heraußen anders zu sein und die Straße liegt wie eine Verheißung vor ihnen. Ein Bildchen fällt ihm ein, das er einmal von einem Lehrer als Belohnung bekommen hat. Darauf waren Adam und Eva abgebildet, wie sie gerade aus dem Paradies verjagt werden. Ein Engel ist als Wächter vor dem Eingang postiert, um ihre Rückkehr zu verhindern.

Ihm erscheint es nun umgekehrt: Das Paradies liegt außerhalb und er fährt gerade hinein, lässt die ausgrenzenden Wächter hinter diesen Mauern zurück. Für den Rest seines Lebens würde Motorradknattern in Hans ein Gefühl von Freiheit hervorrufen.

In einem Wald biegt der Gärtner auf einen seitlichen Forstweg ab, er hält. Kathi und Robert erwarten sie auf der Bank neben dem Marterl, dem vereinbarten Treffpunkt. Sie helfen Hans von der Ladefläche und fallen sich um den Hals.

Der Gärtner bricht ins Nachbardorf auf. Er würde ihn hier um sechs Uhr wieder abholen, sodass sie rechtzeitig zur Abendessenszeit in der Anstalt wären. Sie mögen auf das Schlagen der Kirchturmuhr achten, das aus dem nahen Dorf bis hierher zu hören ist. Noch einmal erinnert er sie daran, sich nicht im Dorf sehen zu lassen. Die Leute wissen, dass in der Anstalt nur an Sonntagen Ausgang ist.

Die beiden haben Kathis Tuch in die Wiese und darauf mitgebrachte Köstlichkeiten gebreitet: Kuchen aus der Dorfbäckerei, Limonade und – eine echte Rarität, die Hans noch nie gegessen hat – eine Banane. Sie strecken sich in der Wiese aus und greifen zu. Kathi zeigt Hans, wie man die Banane isst. Hans erzählt, vom Chorsingen, von der Schule, dem Roland-Freund, seinem Beet und dem Gärtner. Er weiß, Kathi wird zu Hause alles den Eltern berichten. Und so erzählt er vieles nicht, eigentlich das meiste. Doch er sieht es ihr an, sie spürt das Ungesagte, wie es immer dicker zwischen ihnen nistet.

Robert ist ein guter Schlechte-Stimmung-Vertreiber. Er startet das neben dem Marterl abgestellte Moped. „Willst einmal fahren, Hans?"

Da muss man den Hans nicht zweimal fragen. Er fährt langsam über den holprigen Forstweg, lässt die Beine, um sicherzugehen, rechts und links ausgestreckt in Bodennähe, gewinnt zunehmend mehr Gefühl für das Gleichgewicht. Zum Wenden steigt er vorsichtshalber ab, schiebt das Moped in einem Bogen über die Wiese zurück auf den Weg und steuert stolz wieder auf Kathi und Robert zu.

„Da vorne gibt es einen Bach!", ruft er ihnen entgegen. Sie stellen das Moped in den Schatten, nehmen Rucksack und Tasche und schlendern den Weg entlang. Aus dem

Wald fließt ein schmaler Bach gurgelnd unter einem Holzsteg hindurch in die Wiese. Sie ziehen die Schuhe aus und steigen in die Strömung. Sie japsen vor Kälte. Kathi spritzt eine Fontäne in Richtung Robert. Er bricht in Protestgeheul aus. Sie tollen im Wasser herum, setzen sich samt Kleidung in die Gumpen, laufen sich davon und pirschen sich wieder an. Ihr Gelächter dringt in den Wald und über die Wiese.

Sie legen sich auf die sonnenwarme Holzbrücke und lassen sich trocknen. Hans beginnt im Bachlauf einen Staudamm zu bauen. Er beobachtet, wie sich Kathi und Robert an der Hand halten. Er lächelt. Robert scheint in Ordnung zu sein.

Das Fünf-Uhr-Schlagen der Kirchturmuhr ruft sie zum Aufbruch. Sie machen sich auf den Rückweg.

Schon aus einiger Entfernung sehen sie jemanden auf der Bank. Verdeckt vom Marterl, sind nur Männerbeine zu sehen. Aber ihr Moped steht noch dort. Sie müssen dorthin zurück.

Vielleicht ist es ein Spaziergänger aus dem Dorf oder der Gärtner ist schon früher eingetroffen. Doch Hans weiß, das sind nicht die Gärtnerhosen. Ihre Unterhaltung erstirbt.

Der Mann muss sie dennoch gehört haben. Kurz bevor sie beim Marterl und ihrem Moped sind, erhebt er sich.

So ist es also, denkt sich Hans, wenn die Welt für einen Moment stillsteht. Hans sieht den Dakosta weiß werden, erstarren, als wäre er aus Holz oder doch mehr wie aus Glas, so zerbrechlich wirkt er plötzlich. Auch Kathi und Robert bemerken seine Reaktion und rücken instinktiv näher an ihn heran.

„Wen haben wir denn hier! Dakosta! Oder nein, das kann ja nicht sein, dass das der Dakosta ist. Der ist ja mit dem Gärtner bei der Baumschule! Das muss also ein Doppelgänger sein! Und wer sind denn diese Herrschaften?" Der Feldwebel fixiert Kathi und Robert.

Sie begreifen, dass der Mann mit der Anstalt zu tun hat.

„Und wer sind Sie überhaupt?" Robert stellt sich kampfbereit vor Kathi und Hans.

„Frag deinen Schützling hier! Der weiß genau, wer ich bin." Er grinst Hans an.

Alle schauen auf Hans. Nur die Vögel sind zu hören.

„Also dann nicht." Hans sieht, wie der Feldwebel gewissermaßen Anlauf nimmt. „Dann sage ich euch jetzt Folgendes: Wer immer ihr seid, ihr habt einen Zögling, der mir anvertraut ist, zu unerlaubtem Fernbleiben von der Anstalt angestiftet. Ich habe den Anstaltsleiter informiert und wenn ich bis zum Abendessen nicht mit dem Dakosta zurück bin, wird er die Gendarmen verständigen. Ich denke, es wird für eine Verhaftung reichen, und außerdem, das Mädchen hier scheint mir noch sehr jung zu sein. Da müsste man vielleicht einmal nachhaken, ob denn die Eltern davon wissen, was sie hier macht und vor allem mit wem." Sein Blick auf Robert ist so voll Härte, dass allen klar ist, er würde ohne mit der Wimper zu zucken eine Verhaftung veranlassen.

Kathi wendet sich ihrem Bruder zu. Hans hört, was sie dem Dakosta mit verzweifelter Miene zuflüstert, und beobachtet, wie sie seltsam weit wegrückt und dann wieder näher kommt und wegrückt, immer wieder, als würde die ganze Umgebung auf einer Schaukel in Zeitlupe ständig von ihm weg- und zu ihm herschwingen.

„Hans, geh vorläufig mit ihm mit. Das ist jetzt das geringere Übel“, murmelt Kathi. „Ich verspreche dir, ich werde den Eltern berichten und wir tun alles, damit wir dich von hier wegholen.“

Hans beobachtet, wie sie Dakosta an sich drückt. Er flüstert ihr mit dünner Stimme ins Ohr: „Du hast keine Ahnung, Kathi.“ Dann fasst ihn der Feldwebel am Handgelenk, zieht ihn mit sich fort und lässt die beiden samt ihrer Verzweiflung und Ohnmacht zurück.

Über die Schulter schreit er ihnen noch zu: „Und ihr verschwindet besser, sonst hetze ich euch doch die Gendarmen auf den Hals.“

Der Gärtner

Er lässt das Motorrad mit dem schwer beladenen Anhänger am Straßenrand stehen und legt das kurze Stück bis zum Treffpunkt zu Fuß zurück.

Zuerst irritiert ihn die Stille. Als er den vereinbarten Platz leer vorfindet, durchstreift er die Umgebung und beschließt, den nächsten Schlag der Kirchturmuhr abzuwarten. Vielleicht haben sie sich verspätet.

Der anfängliche Ärger wandelt sich zunehmend in Unruhe. Noch vor dem Uhrschlag treibt ihn eine Ahnung zurück zum Motorrad. Er braust zum Tor, ein Baumsetzling wird aus dem Anhänger geschleudert und bleibt unbeachtet auf der Straße liegen.

Niemand begegnet ihm. Er stellt das Motorrad samt Anhänger in den Obstanger und eilt zu seinem Häuschen. Schon von Weitem sieht er den an seine Tür gepinnten Zettel: *Sie werden zu baldigstem Erscheinen im Büro der Anstaltsleitung aufgefordert. Der Anstaltsleiter.*

Er zündet sich eine Zigarette an. Diesmal verfehlt das Rauchen seine beruhigende Wirkung. Er wäscht sich am Brunnen die Hände, den Schweiß aus dem Gesicht und macht sich auf den Weg.

Er betritt das Hauptgebäude durch die hintere Tür. Er geht durch die verlassenen Gänge. Er steigt über die Stiege in den ersten Stock. Mit jedem Schritt geschieht etwas Seltsames. Mit jedem Schritt ist ihm, als würde er nicht nur auf das Anstaltsleiter-Büro zugehen, sondern hineingehen in etwas, eine Entscheidung, eine Bereitschaft, eine

Unbestechlichkeit, und als würde er herausgehen aus einem Versteck, in dem er seit vielen Jahren verschollen war. Er betritt das Büro nicht mehr als Herbeizitierter, nicht als Untergebener, als Straffällig-Gewordener, sondern als Zeuge und vielleicht zum letzten Mal als Gärtner. Er wird ruhig.

„Setzen Sie sich." Der Anstaltsleiter steht hinter seinem Schreibtisch, die Hände hinter dem Rücken verschränkt.

„Ich bleibe stehen."

„Setzen!", donnert der Anstaltsleiter.

„Das, was zu sagen ist, geht auch im Stehen."

Die beiden Männer messen sich mit Blicken. Der Anstaltsleiter wirkt überrascht vom Auftreten des Gärtners. Da der Gärtner nicht Platz nimmt, bleibt auch er stehen. Sein wohlüberlegter Plan ist durcheinandergeraten, und noch bevor er sich neu sortiert hat, kommt ihm der Gärtner zuvor:

„Ich teile Ihnen Folgendes mit: Ich habe mich dazu entschlossen, Anzeige gegen den Erzieher und die Erzieherin zu erstatten. Ich werde das so lange verfolgen, bis Sie oder die anderen Zuständigen ihrer Verantwortung nachkommen und die Buben vor Übergriffen jeglicher Art schützen."

Kathi

Sie sind sofort losgefahren und immer weitergefahren, auch als es dunkel wurde. Nur kurz halten sie, um zu tanken und sich die Beine zu vertreten. Sie versuchen Hunger und ihre schmerzenden Hinterteile zu ignorieren. Noch vor Sonnenaufgang kommen sie zu Hause an. Sie steigt vom Moped.

Die Ereignisse sind dabei, alles zart Aufkeimende wie eine Raupe wegzufressen.

„Ich komme morgen und frage deine Eltern, ob du mit mir ins Kaffeehaus gehen darfst ... wenn du willst."

Kathi nickt und lehnt sich nur leicht an ihn. Sie nimmt den Rock aus dem Rucksack, zieht ihn über der Hose an, Hose und Gürtel darunter heraus. Robert weiß nicht, ob es nur die Kleidungsstücke sind, die sie ihm zurückgibt.

Kathi schleicht sich leise in die Wohnung. Noch während sie sich die Schuhbänder aufknüpft, öffnet sich die Schlafzimmertür der Eltern.

Die Mutter geht in die Küche hinüber und beginnt Feuer im Herd zu machen. Sie stellt Teewasser auf. Der Vater setzt sich an den Tisch. Beide sagen lange nichts.

Kathi rückt einen Stuhl neben den Ofen und setzt sich hin. Sie friert. Die Mutter drückt ihr einen Becher Tee in die Hand und setzt sich zum Vater an den Tisch. Beide sitzen da und schauen sie nur an.

Und je mehr sie schauen, umso mehr schwillt es in ihr an. Sie beginnt zu weinen. Die Mutter geht zu ihr, bleibt hilflos vor ihr stehen. Kathi schlingt die Arme um ihre Hüften und weint ihr das Nachthemd nass.

Irgendwann beginnt sie zu erzählen. Sie erzählt von Robert und schielt dabei zum Vater. Sie schildert alles, den Abstecher in die Hauptstadt, vom Quartier auf dem Hof, von ihrem ladinischen Gesang. An dieser Stelle kann die Mutter die Tränen nicht zurückhalten.

„Wir müssen sofort etwas unternehmen! Hans muss da heraus. Ich helfe euch, Eingaben zu schreiben, oder wir gehen zu den Franzosen, oder …"

Sie blickt vom Vater zur Mutter und wieder zurück.

„Wir werden gar nichts machen, Kathi."

Der Vater stoppt ihren aufkeimenden Protest mit einer heftigen Handbewegung. „Wenn wir zum Amt gehen und sie sich mit der Anstalt in Verbindung setzen, erfahren sie von eurem Besuch. Sie erfahren von einer Fünfzehnjähren, die mit einem jungen Mann von daheim abhaut und unerlaubt in eine Anstalt eindringt, bei einem wildfremden Mann übernachtet und ihren kleinen Bruder entführt. So werden sie es sehen. Was meinst du, was sie dann machen? Sie werden dann auch dich noch abholen und in eine Besserungsanstalt bringen. Beim Hans hat es weniger dafür gebraucht." Der Vater legt sein Gesicht in die Hände und murmelt: „Krätzen sind wir für sie, asoziales Gesindel, das hier nichts verloren hat. So sehen sie uns, das musst du begreifen." Müde fixiert er Kathi. „Wir machen gar nichts, im Moment."

Er steht auf und geht Richtung Bad. An der Tür dreht er sich noch einmal um. „Magst du den Robert?"

Und wieder nickt sie.

Hans

Dakosta reißt die Tür auf, verharrt kurz und schaut sich im geräumigen Wohnraum um. Er ist sofort losgerannt, gleich nach seiner Rückkehr von der Arbeit bei dem Bauern, zu dem er nun täglich gebracht wird.

Der Feldwebel deutete am Morgen an, es habe sich „ausgegärtnert" für ihn, und für den Gärtner auch. Den ganzen Tag über quälten ihn schlimme Ahnungen.

Alles steht offen im Raum, der Kühlschrank, die Schubladen der Kredenz, der Truhendeckel. Die Leere im Häuschen nimmt ihm den Atem. Sein Blick hetzt durch den Raum. Wo soll er zu suchen beginnen?

Der Gärtner ist nicht einfach gegangen! Irgendwo muss ein Zeichen dafür zu entdecken sein, dass er dem Gärtner wichtig war, dass er an ihn gedacht hat, dass er sich nicht getäuscht hat und einen Freund hatte in ihm, einen, der an ihn glaubte, einen …

Dakosta rennt durch das Zimmer. Er untersucht jede Nische, zwängt seine Finger in die Sofafalten, untersucht die Zwischenräume der Doppelfenster. Er sucht, wie ein Verdurstender nach Wasser. Im angrenzenden Schlafzimmer steht der Kasten ebenso geöffnet und ausgeräumt. Unter die Matratze, auf den Schrank, sogar unter ein loses Brett des Plankenbodens schaut er. Inspiziert das kleine Bad und findet doch in allem nur Zeugen für das Fehlen des Gärtners, mehr noch, als hätte es ihn in diesen Räumen nie gegeben.

Dakosta schleppt sich zur Bank an der Hauswand. Hier hat er den Gärtner zum ersten Mal gesehen, mit seinem

Hut und den Rauchwolken, die ihm aus dem Bart gestiegen sind wie Nebel aus dem Wald. Er setzt sich. Er riecht den Rauch noch. Haben ihm die Räume im Haus Verlassenheit entgegengeschrien, so gibt es hier heraußen etwas, das ihn in die Anwesenheit des Gärtners hineinzieht. Wovon geht das aus? Woher kommt der Geruch, wo ist die Spur, die der Gärtner hinterlassen hat?

Da fällt sein Blick auf die kleine Silberdose auf dem Fensterbrett. Sie liegt unverändert auf ihrem Platz. Hat er sie vergessen? Seine Zigarettendose? Dakosta streicht über sie, spürt die feinen Ziselierungen und irgendwie die Berührungen der Gärtnerhände darauf. Er stutzt. Sie ist der erste ungeöffnete Gegenstand hier. Er klappt sie auf. Ein gefaltetes Stück Papier fällt ihm entgegen. Er hebt es auf, streift es auf dem Tisch glatt. Es ist eng beschrieben.

Lieber Hans!

Wenn Du diese Zeilen liest, hast Du meinen Brief gefunden. Das ist meine Hoffnung.

Was soll ich Dir sagen? Dass ich gerne noch hier und bei Dir geblieben wäre? Dass ich mir wünschte, ich hätte etwas zum Besseren bewirken können? Dass ich mit meinem Versuch gescheitert bin? Du weißt das alles.

Ich verspreche Dir, ich werde weiter versuchen, etwas an anderer Stelle zu bewegen, damit sich hier etwas verändert. Ich würde Dich gerne besuchen oder Dir schreiben. Sie lassen nichts davon zu, auch nicht, dass ich mich von Dir verabschiede.

Ich möchte Dir noch etwas sagen: Es stimmt nicht, dass die Wunden, die wir im Laufe des Lebens abbekommen, mit der Zeit weggehen. Manche werden weniger schmerzhaft, weg-

gehen tun sie nicht. Aber es gibt etwas, ganz tief drinnen, da ist ein Ort in jedem von uns, da kommen die Schatten nicht hin. An der Stelle musst Du alles aufbewahren, was Du liebst. Da werde auch ich Dich aufbewahren.

Du bist ein guter Bub, Hans. Allen, die Dir etwas anderes einreden wollen, darfst Du nie glauben.

Und gib gut acht auf den Garten!

Dein Gärtner

PS: Behalte die Zacken am hinteren Tor im Blick. Es könnte ja sein, dass da manchmal etwas steckt.

Der Vater

Der Regen prasselt auf das Bahnsteigdach. Der Vater hat den Mantelkragen hochgeschlagen und die Hände in den Taschen vergraben.

Der Gepäckträger zieht seinen leeren Karren über das Bahnsteigpflaster, bereit, das Reisegepäck ankommender Fahrgäste zu übernehmen. Er bleibt neben dem Vater stehen und zündet sich eine Zigarette an. Er hält sie dem Vater hin. Der nimmt einen tiefen Zug.

„Bist noch in der Fabrik?"

Der Vater nickt.

„Bereue nicht, dass ich weg bin von dort. Hab's hier besser." Der Zigarettenrauch strömt dem Gepäckträger aus den Nasenlöchern.

„Ist dein Sohn noch immer fort?"

Der Vater sagt nichts. Er hat Hans seit vier Jahren nicht gesehen. Für zwei Fahrkarten reichte das Geld nie. Wenn sie nach einer Weile wieder genug angespart hatten, fiel die Wahl, wer Hans besuchen sollte, immer auf seine Frau. Die Briefe an Hans musste ebenfalls seine Frau schreiben, er hatte nie auf Deutsch schreiben gelernt. Aber heute hat er es sich nicht nehmen lassen, herzukommen.

„Der nächste Zug kommt von draußen", sagt der Gepäckträger. „Also holst du ihn ab. Habe ich recht?"

Als der Vater nicht antwortet, redet er einfach weiter. „Jetzt habt ihr ja die Staatsbürgerschaft bekommen, oder?"

Der Vater nickt.

„Und jetzt haben sie ihn einfach so gehen lassen?"

„Eine Cousine meiner Frau ist Sekretärin in einem Amt. Sie hat für uns eine Eingabe gemacht. Er ist mit der Schule fertig. Er möchte Gärtner werden." Sie hatten sich um eine Lehrstelle bemüht. Das war die Voraussetzung dafür gewesen, dass das Gericht ihn gehen ließ.

Der Zug nähert sich. Die Bremsen mit ihrem Quietschen übertönen alles. Der Gepäckträger tritt den Zigarettenstummel aus, deutet dem Vater einen Abschiedsgruß und schiebt seinen Karren an den Waggons entlang.

Der Vater beobachtet die Aussteigenden. Ein junger Mann, nur mit einem Rucksack als Gepäck, kommt auf ihn zu. Er bleibt vor ihm stehen, auf Augenhöhe mit dem Vater.

Der Vater reagiert nicht.

„Ich bin es, Dadda. Der Hans." Der junge Mann hält ihm die Hand hin.

Der Vater nimmt sie.

Vier Jahre hat er ihn nicht gesehen. Sein Bild von Hans und der Hans vor ihm passen nicht zueinander. Und da begreift der Vater, die Fremdheit wird nicht vergehen, nur weil der Hans zurück ist. Der Bub, der dorthin gebracht worden ist, wird für immer dortbleiben, und das, was er nicht tun konnte für seinen Sohn, wird die Distanz zwischen ihnen, trotz der wiedergewonnenen räumlichen Nähe, aufrechterhalten.

„Komm, die Mutter wartet. Sie hat dir Schnitzel gemacht zur Begrüßung."

Die Buben

Die Zigarette kreist von einem zum anderen. Sie ziehen nur wenig, bedacht darauf, sie nicht zu schnell aufzurauchen. Zigaretten sind schwer zu beschaffen ohne Geld und schnorren bringt nichts. Sie sind zehn Jahre und die Erwachsenen, die sie anschnorren könnten, finden, sie seien zu jung, um zu rauchen.

Wenn sie genug Geld beisammenhaben, schicken sie den kleinen Bruder in die Trafik. „Für Papa", sagt der und strahlt ins Trafikantengesicht. Der Kleine bekommt die Packung, die nicht an Minderjährige abgegeben werden darf. Es gibt eben zweierlei Minderjährige. Diejenigen, die zu klein sind, um ihnen irgendetwas vorzuwerfen oder zuzutrauen, und diejenigen, die alt genug sind, um ihnen alles zuzutrauen. Die drei Raucher gehören schon zu Letzteren.

Täglich treffen sie sich in der Nische an der Rückseite des Hauses und sitzen auf ihren Longboards. Von hier aus haben sie den Zugangsweg zum Haus im Blick und sind selbst verborgen.

Nur einer sieht sie, weiß darum, was sie treiben, da hinten. Sie wissen wenig von ihm. „Er ist komisch. Er ist einmal in einem Heim gewesen, sagt Mutter."

Seit er vor Jahrzehnten zurückgekommen ist, hat er immer mit den Eltern hier gelebt. Er hat unten in der Gärtnerei gearbeitet und sein Garten hier ist immer der prächtigste gewesen. Jetzt ist er alt und lebt allein. Täglich, nach dem Mittagessen, kommt er und setzt sich auf seine Bank. Nacheinander sind seine Eltern aus der Wohnung herausgestorben. Nur er ist geblieben und starrt jeden Tag auf die Beete zu seinen Füßen.

„Der kennt sicher jeden Regenwurm persönlich", lästern die Buben.

Sie haben versucht, ihn aus ihrem Revier zu vertreiben. Sie warfen Kieselsteinchen nach ihm. Er hat sich nicht gerührt, nicht einmal, als eines seine Stirn traf. Sein Nicht-Reagieren war ihnen unheimlich und reizte sie zugleich. Sie machten sich ein Spiel daraus, ihn zu einer Reaktion zu bewegen. Bis zu diesem einen Tag.

Sie hatten sich etwas Neues überlegt. Während die zwei in ihrer Nische blieben, ging der Dritte zu seinem Kohlrabibeet. Er kniete sich auf den Boden und riss das erste Pflänzchen heraus, dann das zweite. Bis zum dritten kam er nicht. Der Alte sprang auf, mit einer Schnelligkeit, die ihm niemand zugetraut hatte, packte den Buben an den Haaren, warf ihn zu Boden. Die Hände des Alten waren plötzlich um seinen Hals und schüttelten ihn. So plötzlich war alles gekommen, dass der Bub auf jede Gegenwehr vergaß. Seine Freunde sprangen auf, starrten, fassungslos, auf die Szene. Dann rannten sie hin, schrien den Alten an, zerrten an seinen Armen, traten nach ihm, bis er zu begreifen schien, von einem zum anderen schaute, als würde er wach werden und ihre Existenz nun erst erfassen. Er ließ los, erhob sich ächzend und setzte sich wieder auf die Bank. Er sagte nichts. Nur in seinen Händen war ein Zittern.

Der Bub richtete sich auf, griff sich an den Hals. Die Hände des Alten waren fort. Doch das Bild seiner Augen hing noch über ihm. Etwas ihm Unbekanntes war darin, versetzte ihn in Schrecken.

Nachdem das Zittern seiner Hände nachgelassen hatte, war der Mann noch einmal aufgestanden und hatte die beiden Pflänzchen wieder eingegraben. Die Zärtlichkeit, mit der er sie mit den Fingerspitzen berührte, ließ nichts von der vorangegangenen Gewalteruption erahnen.

Die Buben hatten sich in ihre Nische zurückgezogen und nie wieder versucht, den Alten von seiner Bank zu verjagen. Mittlerweile ist er Bestandteil des Gartens, wie der Holunderbusch am Rand, und sie haben sich daran gewöhnt, dass es einen Mitwisser um ihre Geheimnisse gibt, und der Vorfall gehört jetzt zu den Geheimnissen dazu.

Der Alte bewegt sich nur, wenn etwas an den Beeten zu tun ist. Sonst harrt er auf der Bank aus, bis die Sonne untergeht, und gibt nicht zu erkennen, ob er ihre Anwesenheit registriert. Seit dem Vorfall nennen sie ihn „Karotten-Bodyguard".

Sie hocken nur bei schönem Wetter in der Nische. Als es einmal zu regnen beginnt und sie sich aufmachen, nach Hause zu gehen, bemerken sie, dass der Alte bleibt. Er kramt einen Regenschirm unter der Bank hervor, spannt ihn auf und bleibt sitzen. Da begreifen sie, er ist immer da, bei jedem Wetter, zu jeder Jahreszeit.

Eines Tages finden sie eine Packung Zigaretten in ihrer Nische. Der Alte schaut wie immer, aber sie wissen, dass sie von ihm stammt. Einige Tage später steht eine Dose, gefüllt mit Himbeeren, an derselben Stelle. Die Buben nicken ihm zu und kosten. Am nächsten Tag ist die Dose gereinigt, abwechselnd enthält sie nun geschälte Kohlrabistücke, Karotten, Stachelbeeren, Radieschen, gewaschen und vom Grün befreit. Und bald kommen sie nicht mehr nur, um zu rauchen.

Die Tage vergehen, der Alte bleibt. Irgendwann beginnt es zu schneien. Die Buben suchen ihre Nische nicht mehr auf. Die Zigarettenglut kann die Kälte nicht mehr vertreiben.

Einer von ihnen macht nach dem Unterricht auf dem Nachhauseweg einen Umweg über den Garten. Seltsamerweise vermisst er den Mann, er hat ihn lange nicht gesehen. Es ist, als hätte der Schrecken des Vorfalls ein Band zwischen ihnen geknüpft.

Es hat den Buben nicht mehr losgelassen. Immer wieder zieht es ihn in die Nähe seines Gartens. Es drängt ihn, sich zu vergewissern, dass er noch da ist. Und wann immer er hinkommt, der Alte sitzt dort. Nie weiß der Bub, ob er sein Vorbeischlendern bemerkt, nie sprechen sie, nie hört er seine Stimme.

Diesmal liegt auf der Bank ein unberührter Schneepolster. Auch die Beete ruhen darunter. Vereinzelt stechen Stützhölzchen daraus hervor, warten auf den Frühling.

Zu Hause sagt er beiläufig zu seiner Mutter: „Den alten Dakosta habe ich schon lange nicht mehr gesehen."

Die Mutter hält inne. „Weißt du es nicht? Jemand hat ihn vor drei Tagen auf seiner Bank gefunden. Er hat angeblich eine Lungenentzündung bekommen. Ist ja nicht verwunderlich, bei dieser Herumsitzerei in der Kälte. Jetzt ist er im Spital."

Am Nachmittag hantiert der Bub in der Küche. Er packt Nüsse, Mandarinen und ein Stück Lebkuchen in eine Dose, schiebt sie in seinen Rucksack und macht sich damit auf den Weg.

Der alte Mann liegt in einem Zweibettzimmer. Eine Sauerstoffmaske verdeckt Mund und Nase. Seine Augen sind geschlossen.

Der Bub bleibt unschlüssig am Fußende des Bettes stehen. Auf dem Schildchen liest er „Hans Dakosta".

Schläft der Mann? Er legt die Dose mit den Naschereien leise in die Nachttischschublade und flüstert dem Bettnachbarn zu, er möge dem Herrn Dakosta ausrichten, er käme morgen wieder. Er schleicht Richtung Tür davon. Ist ihm sogar recht. Er hätte ohnedies nicht gewusst, was er mit ihm reden sollte.

Hans

Er hört das Zufallen der Tür und die näher kommenden Schritte. Er öffnet die Lider nicht, wird wohl eine der Krankenschwestern sein. Wer würde ihn sonst aufsuchen? Nur nicht reden müssen, schon das Schauen ist ihm zu mühsam, einfach still liegen, weltvergessen.

Die Schritte verharren vor seinem Bett. Er spürt das Angeschaut-Werden durch die Haut. Unmerklich öffnet er die Lider, so wenig nur, dass seine Neugier nach draußen schlüpfen kann und keine Störung in ihn herein.

Er beobachtet den Buben, wie er eine Dose aus seinem Rucksack zieht und sie leise auf den Nachtisch legt, hört ihn mit dem Bettnachbarn flüstern. Und als er ihm nachschaut, ist da ein Ziehen in seiner Brust, so als hätte er seinen Garten dort drinnen, mitsamt der Schneedecke, unter der der Frühling aufzubrechen beginnt. Vielleicht beim nächsten Mal, wenn er den Mut dazu hat, dann wird er reden mit ihm.

Hans zieht mühsam die Nachttischschublade auf und holt eine ziselierte Dose daraus hervor. Er entnimmt ihr eine kleine Kupfermünze, umschließt sie behutsam, und im Einschlafen registriert er eine leise Freude auf den morgigen Tag.

Danksagung

Mein herzlicher Dank gilt

Dr. Michaela Ralser und Mag. Flavia Guerrini (Institut für Erziehungswissenschaft, Universität Innsbruck) für die wertvollen Einblicke in die Geschehnisse und Haltungen in den Erziehungsheimen,

Dr. Horst Schreiber (Innsbruck) für seine zeitgeschichtliche Expertise,

Josef Haslinger (Wien) für einfühlsame, wertvolle Anregungen.

Besonders Felix Obermair, Edition Raetia, für deine wunderbare Begleitung und dein unermüdliches Engagement auf dem Entstehungsweg des Buches.